# 隔着竹帘儿看见她

林海音 著

人民文学出版社
PEOPLE'S LITERATURE PUBLISHING HOUSE

本书由台北九歌出版社授权出版

**著作权合同登记号：**01-2012-7144

**图书在版编目(CIP)数据**

隔着竹帘儿看见她/林海音著.—北京：人民文学出版社，2016
ISBN 978-7-02-011600-3

Ⅰ.①隔… Ⅱ.①林… Ⅲ.①散文集-中国-当代
Ⅳ.①I267

中国版本图书馆 CIP 数据核字(2016)第 090290 号

责任编辑：**徐广琴**
特约策划：**陶媛媛**
装帧设计：**汪佳诗**

出版发行 **人民文学出版社**
社　　址 **北京市朝内大街 166 号**
邮政编码 **100705**
网　　址 **http://www.rw-cn.com**

印　　制 **山东临沂新华印刷物流集团**
经　　销 **全国新华书店等**

字　　数 **156 千字**
开　　本 **890×1240 毫米 1/32**
印　　张 **7.25**
版　　次 **2013 年 4 月北京第 1 版**
印　　次 **2016 年 7 月第 1 次印刷**

书　　号 **978-7-02-011600-3**
定　　价 **39.00 元**

余阿勋（右）与何凡、海音在东京（文见《"牧童阿勋"》）

胡蝶年近七十时，依然丰采迷人。（文见《遥念胡蝶》）

楚戈与席慕蓉（中）共同为邓禹平（右）的诗集
《我存在，因为歌、因为爱》画插图。
（文见《海天永隔故人情》）

沉樱在她自盖的小木屋前

邱七七和高堂老母沈迪华女士

（文见《邱七七和高堂老母》）

一九九一年於梨华返台与海音在台北见面

（文见《“野女孩”和“严肃先生”》）.

作家群：（文见《雷震亮相及其他》）

吴鲁芹　夏道平　夏济安　刘守宜　雷　震　何　凡

周弃子　郭嗣汾　彭　歌

宋　英　琦　君　潘人木　孟　瑶　林海音　聂华苓

上世纪五十年代的宋庆龄

白杨以望七之龄在电视剧《洒向人间都是爱》中扮演宋庆龄，每次化妆均需两个多小时。

（文见《演艺生涯半世纪的白杨》）

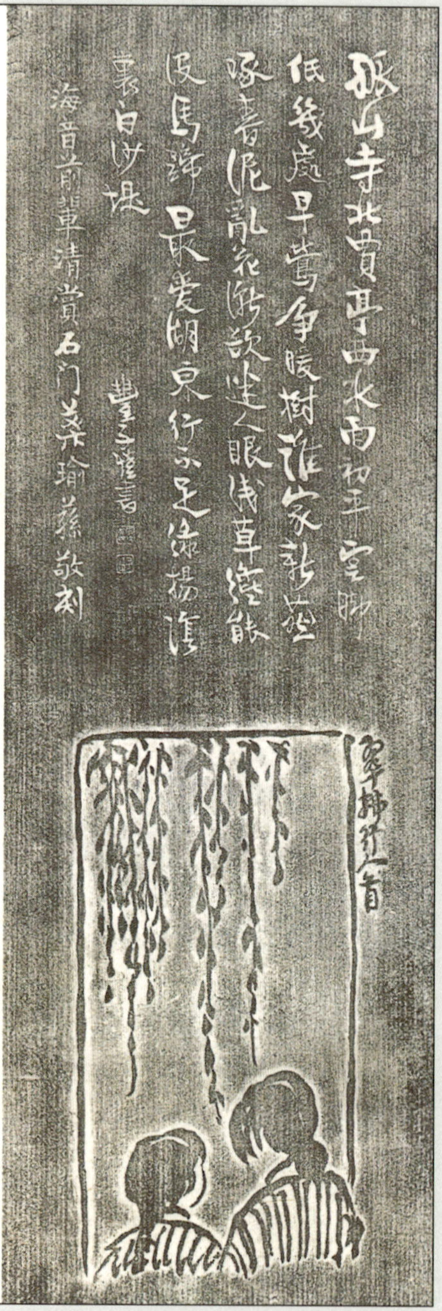


叶瑜荪送给海音的三层雕刻臂搁

（文见《艺文二三事小记》）

苏雪林
（文见《她今年九十五岁喽！》）

海音探望病中的老师成舍我
（文见《一生的老师》）

萧乾八十岁与文洁若

（文见《亮丽且温柔》）

三人同学会，左起：
余慧清、海音、白杨。

（文见《一甲子的同学会》）

原序

# 朦　胧

1

大众传播学里有一条重要的原则:“人,最有兴趣的对象就是人。”

文学,不管什么体裁、什么形式,也终归都是以“人”为中心。所有的文学家,无论是诗人、小说家、散文家,或别的什么家,一个共同点是他们对人生的热爱,对人的关怀。离开了这个,世间无所谓文学。

林海音女士的写作生涯,从新闻记者开始,以《城南旧事》和《晓云》那样的小说扬名,创办《纯文学》月刊和出版社。她喜爱新闻记者“上穷碧落下黄泉,动手动脚找东西”的工作;她喜爱小说创作，可以为之废寝忘食；她以奉献的精神办出版事业，为读者和作者提供了最佳服务。

可是，她最有兴趣的，也最为关心的，还是人，各色各样的人。她的先生，她的儿女，她的朋友——真是交游满天下，三教九流，无所不容。她有一种亲和力，让男女老幼的各色人等，都喜欢跟她谈心。

《隔着竹帘儿看见她》，很俏皮的书名；其实，这是一本以“怀友”为主的文集。隔着竹帘儿看到的，不只是一个“她”。

2

二十世纪最出名的传记文学家斯特拉齐（Lytton Strachey），写传记时恪守他自订的三大信条：第一，文字要清晰简洁；其次是态度要不偏不倚，追求真相；第三是要富有自由的探索精神。因此，他能为传记文学开拓一片新境界。他的特长是，从千头万绪的史料中，抽丝剥茧，提要钩玄，像炼金术士一样，弃糟粕而取菁华，笔底英豪，栩栩如生。

但也有人说，斯特拉齐局限于“为艺术而艺术”的态度，他透过文学的形式来观察人生，往往扭曲细节，使得主角变成了卡通化的人物。很生动，却未必真实。

海音写的不是宏篇巨制的名人全传，而只是某些当代人物——绝大多数是文学作家、知识分子与文化人——的一个侧影或浮雕，当初在报端发表，篇幅有限，每个人平均不过是三两千字。但是，每一个人都具不同凡响的经历，每一个人也都留下了可思可怀的心血成就。

海音就是以清晰简洁的笔墨（这本来就是她写作的特色），公正求实态度，和自由探索精神，去勾勒这些人物的面貌与心魂。

书中的二十来位先生或女士，大都与文学、艺术和新闻有关，而且和海音有深切的感情，所以她写来便有与众不同的风味。

像高龄九十有五的成舍我先生，当年在北平办报，又创设北平新闻专科学校，"虽然初办只有百把个学生"，海音是其中之一。舍老的言教身教，对海音影响深远，是"一生的老师"。

又如著名的影星胡蝶、白杨，都是中国电影史上具有里程碑意味的大明星，前者是海音中年的挚友，后者是初中时代要好的同学。

老一辈的人物，像苏雪林，像萧乾和文洁若夫妇，像王寿康，像蒋彝；年轻一辈的，像余阿勋，像王正方，像秦家骢。每个人都有一些感人的特殊遭际，形成了动乱的大时代中不凡的特色。

我读起来深感兴味的，是京剧名须生余叔岩的女公子余慧清，写她父亲生平逸事的文章，和海音"一甲子的同学会"——北平春明女中的三个同学，余慧清、白杨、海音，隔了六十年之后居然又能重聚一堂。这样长久的分别，已超过了杜甫所谓“昔别君未婚，儿女忽成行”；再想想在这一段岁月里中国人所经历的种种风波和磨难，更不止是令人叹息怅惘，临风涕泣了。

3

在全书中，分量最重、篇幅也占得最多的，是有关女作家沉樱（陈锳）的文章，从《念远方的沉樱》，到《最后的沉樱》，记录着她们两人之间大半生的友情。

从某些方面说，海音与沉樱两个人的性格和经历，都有绝大的不同。人与人之间的情分，也许都要归之于一个“缘”字。

海音的性格爽朗开阔，处事明快，她自己主持出版机构，又参加许多文化活动，不但剑及履及，而且当机立断，很有所谓“现代女性”的霸气。沉樱则偏于内向，轻言细语，除了专心写作和教书之外，似乎与世无争，不食人间烟火。

可是，从另一个角度观察，海音内外兼筹，相夫教子，家庭生活极为圆满，可说是传统型的贤妻良母。沉樱则外柔内刚，爱憎分明，在婚姻生活上曾遭遇两度变故（先和马彦祥，后和梁宗岱，都告仳离），飘然远引，一旦袂绝，便独力抚育儿女成人，在四五十年之前，这样的刚烈性格，可说是独立性的女界先锋。

海音和沉樱这些立身处世相异之处，几乎形成截然不同的对比；可是，她们却是几十年的莫逆之交。沉樱对海音的信托，海音对沉樱的关注，在友侪之间成为美谈。沉樱的许多译著，开始是由海音为之安排，而引沉樱进入出版界。但最后沉樱的散文全集《春的声音》，则是由海音的纯文学出版社为之编辑出版。这本四百多页的书出版后航空寄到美国时，沉樱已经是弥留状态。

海音说："我能在她生命的最后，把她在台湾的文学、友谊、家庭生活做个总结，于心已安。"所谓一死一生，乃见交情，友道之厚，着实可敬。

在沉樱去世之后，从彼岸辗转发现了沉樱和梁宗岱分别四十余年之后的"最后通信"。这一对"文学怨偶"的离合，虽然不像徐志摩或郁达夫诸人的事迹那样腾扬众口，但在饱经颠沛之余，各自都能有所成就，正如沉樱所说："人间重晚晴……我们都可说晚景不错了。"

沉樱给梁的信中说，"在这老友无多的晚年，我们总可称为故人的。"榆桑晚景，去日苦多，这已是无爱无恨的超拔境界了。

这几封通信的披露，不仅是文坛史料中的一束重要补白，也让后之来者——无论识与不识，皆能体会到他们的相知共识，是多么珍贵而难得。

沉樱的散文醇雅有致，译文更是融通传神，茨威格的作品，特别是《一位陌生女子的来信》，几乎每个喜爱文学的人都读过，感人至深。

照我猜想，海音的书名《隔着竹帘儿看见她》，虽是取于歌谣，但无意有意间也有怀念沉樱之意吧。

书中的人物，或老或少，或男或女，都与沉樱呼吸过同一时代的空气。虽是各成独立篇章，但是，读竟全书，我不免想到孔子立川上的喟叹，逝者如斯夫，不舍昼夜。

人世种种，无常无住，没有什么一定是永恒不变的。悲欢喜乐，转眼成空。身前身后的声名事业，说来也仍是虚空。尽管如此，凡人总是为此想不开、看不透。

若真的一切都想开了、看透了，到了四大皆空的境界，人生也就不成其为人生了吧。某些烦恼、某些忧虑、某些遗憾，都是避免不了、也不应回避的。

如是，我们就“隔着竹帘儿”看下去吧。从这些熟识的或陌生的、亲近的或遥远的人与事之中，更加参透了人士的无可如何。

有些悲凉，有些寂寞，但仍皆归之于可亲。这便是海音作品之魅力。

自从《城南旧事》被改编成电影，且得了亚洲影展的大奖以来，林海音的大名在海峡两岸同样的响亮。以一个原籍台湾苗栗、出生在日本大阪、成长在北平的作家和出版家，林海音在目前这样的特殊环境里，应该承担起别的人不适合、或挑不起来的某些任务，成为沟通两岸文学界的一座桥梁。

这话也许说得远了一点吧。有很多事情，在眼前的朦胧氛围中，还是“隔着竹帘儿”看看再说吧。

彭　歌

写于一九九二年四月

# “哑行者”蒋彝

读了《人间》版蒋健飞所写的《我的父亲蒋彝与徐悲鸿》一文，别提多高兴。因为前一阵子跟《艺术家》主编何政广闲聊，还提到为何不请蒋健飞写些有关他父亲的生平、著作等事，并整理出他父亲的著作呢！

以英文著作享名国际的中国作家，几十年来，只林语堂与蒋彝二人而已。而林语堂因为一直也用中文写作，他的英文著作也早已译成中文（我不是单指在台湾的，在大陆数十年前就有翻译林语堂的《生活的艺术》、《吾土吾民》等书成中文畅销，我在中学生时代就已经都读过了），所以林语堂在国内外同样有名。

至于蒋彝，据健飞文中所提，他父亲从一九三五年起在英国开始以英文写作，几乎每年都有作品问世，去世前已有三十二种著作。译成德、日、法、西班牙文者有之，却没有一本译成中文的，因此“蒋彝”之名国人鲜知，这是多么可惜的一件事！健飞文中曾说：“百年之后，你我白骨已枯，蒋彝之名仍是为后世人所熟的。”那么，健飞起码要担负起设法把父亲的著作译成中文出版的责任吧！

我于一九六五年初次访美，在纽约曾见到林、蒋二位，林语堂是特定去访问的，蒋彝则是碰上的。那时蒋已由英移居美国，在哥伦比亚大学教中国文学，在办公室里和夏志清坐对面。那天郑清茂陪我去访志清，志清原说要尽地主之谊请清茂和我吃饭，却不料蒋彝的英国出版人夫妇来美，他要请他们吃饭，约志清作陪，志清说他自己也要请客，蒋彝便要陪客的客人也一起请。既然安排好了，不便推辞，也很高兴能有机会多认识一位作家，因为蒋和前故宫博物院①副院长谭旦冏同是江西老表，又是幼年同学。我早听了许多蒋的幼年趣事了。就这样我们一起到百老汇路的新顺利饭店去，跟“哑行者”蒋彝第一次见面——也是最后一次。

“哑行者”是蒋彝的别号，他的中文名片上，正名之外，旁注一行曰：“重哑别号哑行者”。他的英文作品分三类，健飞已说了，其

---

① 此应系台北故宫博物院。

中游记类都是以“哑行者”Silent Traveller 冠之，已出版的如《三藩市画记》，英文书名便是 *The Silent Traveller in San Francisco*，其他如：*The Silent Traveller in Lakeland*，*The Silent Traveller in London* 以及 *in Wartime*，*in Yorkshire*，*in Oxford*，*in Edinburgh*，*in New York*，*in Dublin*，*in Paris*，*in Boston*，……等十余种。

席间我对他提起谭旦冏先生，并且告诉他，早在七、八年前，谭先生就曾把他寄去的新著拿给我们欣赏。他听了也高兴，那时健飞似乎还在台湾。

我返国后，便收到蒋氏这本英文的《三藩市画记》一书。本书虽是“哑行者”的旧金山之旅；画的虽是旧金山的景物，但是文内却充满的是中国人的思想和感情。插画有黑白及彩色两种，彩色的皆为整页，笔调细腻，揉合了中国画和西洋画的笔法（我不懂绘画之事，只凭个人的直觉），黑白的则是插图式，大小皆有，我只有以“可爱”二字来形容了。更令人欣赏的是他于文中时时以中国古典诗人的诗来形容或比喻；写景到山水，他也许引一首李白的诗句，用毛笔书之，再译成英诗，也有时他自己赋诗一首，也照样毛笔书写，译成英文。就这样，他的“哑行者”之旅，是包括文、诗、书、绘、译五种内容和意义。

手边的《三藩市画记》书后有洋人对蒋彝的介绍，试摘译如后：

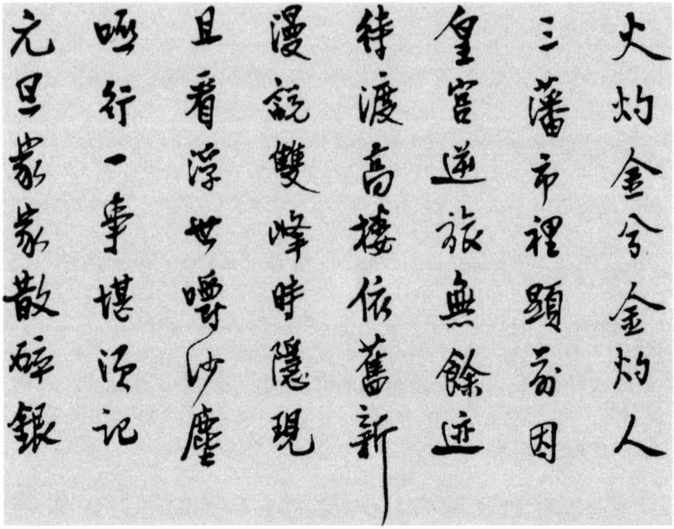

蒋彝的书法和素描

……蒋彝早年在南京是一位化学师，在政府机构工作，后来他发现自己对于化学和政治远不如绘画来得有兴趣，于是他便于一九三三年离开中国到英国来，开始写作，他自绘插画于其所有有关中国绘画、书法、诗词和家庭生活的各种著作里。来到英国后，更仔细观察体会本地的环境，当他度假到湖区时，他写下并绘画《哑行者在湖区》一书，这是他的第一本以“哑行者”冠名的书。他的“哑行者”诸书，跟一般的游记是不同的，正如赫伯·瑞德爵士所说：“他是外国人中帮助我们了解我们自己的。我们自己所难以懂得的事物，他反而能以简洁精练的文笔写出来。使我们得到的不仅是中国的文化，而是引申扩展到一般的艺术和文化。”……

总之，我们多么期待蒋彝的英文著作译成中文，也许健飞已经在做了。

——原载一九八二年十二月十二日

《中国时报》人间副刊

# 隔着竹帘儿看见她！

## ——重读《歌谣周刊》

“隔着竹帘儿看见她！”属于“看见她”歌谣中的一句，全首是这么说的：

沙土地儿，跑白马，
一跑跑到丈人家。
大舅儿往里让，
小舅儿往里拉，
隔着竹帘儿看见她！
银盘大脸黑头发，
月白缎子棉袄银疙瘩。

这是最简单的一首，可以说是“看见她”歌谣中的基础句型吧。其他全国各省从北到南都有“看见她”歌谣，只因地区的不同，故语言的运用、环境的形容、家庭的摆设、女性的穿着，就因地而有变化，但整个歌谣的形态是一致的——非常美。正如研究“看见她”的董作宾先生所分析的，此歌应分为五段：

第一段：因物起兴；

第二段：到丈人家；

第三段：招待情形；

第四段：看见她了；

第五段：非娶不可。

前举之歌，就缺少了“非娶不可”的描写。许多其他的“看见她”，最后差不多都有类似“就是典了房子卖了地，也要娶来她”的结句。形容对方的长相、穿着、打扮，也是因地区各有不同；就拿“看见她”这一句，每首皆略有出入，如：

- 隔着竹帘儿看见她
- 推开门来看见她
- 隔着竹帘儿瞧见她

- 隔玻璃看见小奴家
- 风吹帘幕瞧着她
- 帘子背后看见她
- 掀开门帘看见她
- 格子眼望见她
- 风摆门帘看见她
- 撩开门帘看见她
- 隔着门帘瞅见她
- 开开门来看见她
- 隔着薄帘看见啦

光是“看”的用语就有“看”、“瞧”、“望”、“瞅”。而开门的形容也有“推”、“掀”、“撩”、“开”等不同字眼儿。

上面是我重读《歌谣周刊》随手所记。这三册《歌谣周刊》合订本是向朱介凡先生借来的，在此前的三十多年，我也有一套留在北平，是喜欢又忘不了的一份民俗杂志，今日重读，别提多高兴。介凡久藏的这套杂志，霉气味重极了，读久了，头昏脑涨的，但是也舍不得放下。

《歌谣周刊》最早于民国十一年十二月十七日，由北京大学歌谣研究会出版，每期不过八页，三四篇文章或集辑一些各地歌谣而已。即使如此单薄，内容却厚实。他们最早于民国七年二月就开始征集歌谣，由刘半农、沈尹默、周作人主编选事，五月起才在日刊上发表了一百多则刘半农所编订的歌谣选，赶上五四运动，搜集的工作停顿了，刘、沈二人又都出国去留学。这一停直到民国九年才真正地成立了“歌谣研究会”，十一年才创办这份中国最早也是独一份的《歌谣周刊》。编辑最出力的是常惠、顾颉刚、魏建功、董作宾诸北大教授。他们自己写稿、编稿、邀稿、搜集歌谣。撰稿人经常有周作人、郭绍虞、胡适之、王礼锡、沈兼士、林语堂、容肇祖、容庚、梁遇春、钱玄同诸人。一经发刊，就不断有外来的反应，可见民俗是大家喜爱的，他们不愁缺稿，而诸学人也发表了许多研究及整理歌谣的文章，既通俗，又有学术性，这是所以我在求学时就喜欢的一种刊物。

早期《歌谣周刊》所发表的作品，零散的较多，到了第四十九期（即民十三年四月）开始以横排方式出现，并且有了专题研究，如我前面所说的“看见她”专号，以及“婚姻”专号，“孟姜女”专号，“方言”专号等等。林语堂先生对于方言最为热心，这大概是因为歌谣采自各省，发音不同，而且歌谣实乃一种口传文学，古来少有文字记录，琅琅上口，皆出自婆婆、妈妈、长工、奶妈等不识字人物，代代传下来，到了民国，才由识字的有心人及学者，想到其重要性而做记录的工作。林语堂先生不但热心于方言的音标研究,也拟成立方言学会,但是没有成功。

可惜的是,这薄薄八页每期卖一大枚一份的杂志,到了民国十四年六月二十八日的第九十七期,宣告停刊,已刊登的光是歌谣就有两千两百二十六首。据说是因为北大研究所要出版一份“研究所国学门周刊”,歌谣也列为这综合大周刊的一门,所以没有单独出版的必要了。

但令人高兴的是到了民国二十四年,北大又恢复“歌谣研究会”了,胡适、周作人、魏建功、罗常培、顾颉刚、常惠等教授为研究会的委员。到了民国二十五年四月四日,恢复了《歌谣周刊》,算为第二卷第一期,每年一卷。主编人是毕业北大当时做助教的徐芳。徐芳是北大高材生,我初中读书时,就非常仰慕这位当时有“北大女诗人”称号的大学女生。她主编这份周刊,虽然有她的著名的老师们支持,但是她个人也是一样的努力搜求歌谣,深入民间探访,研写,写了多篇有关歌谣的研究。例如:儿歌的唱法,北平的喜歌,数来宝里的溜口辙等。顾颉刚继续他十年前的吴歌的搜集和研究,写《吴歌小史》篇。董作宾为了《看见她》这一首歌做整理和研究,还有像《张打铁》这首全国到处都有的歌谣,她也曾编全期专号研究,都是令人钦佩的。读者也写了意见,大家都来讨论,是因为民间的歌谣乃是每个人的,谁都想搜求了献出来,这种民俗乡土的研讨，是最亲切之事，没听说前几年咱们这儿居然有恶形恶相的乡土论战，我一直不懂！

如果我们说口传的歌谣，只能求诸于古老的乡里民间，没有新的歌谣了，那也不尽然。在徐芳姊主编的最后一期里，她写了一篇《表达民意的歌谣》，颇有价值，那便是民国以后的新歌谣，也有了爱国或政治的意念，但仍是出于民间，例如她所搜集民初军阀割据、内战频频时的歌谣，如：

哦，马队，步队，洋枪队，
机关枪，嘎迸脆，
曹锟要打段祺瑞。
机关子枪，真有准儿，
张勋要打吴小鬼儿。
吴小鬼儿，真敢干，
坐着飞机扔炸弹。
一个炸弹不要紧，
大兵伤了好几万。

又如，抗战前，日人欺我日甚，山东流行着一首《儿童敲棍雪耻图》，有浓厚的抗战情绪：

抗啊！抗啊！

咱俩这抵抗啊！

试试谁能打胜仗啊！

一仗打到一月一，

不买日本的东西。

二仗打到二月二，

推翻日本不费事。

三仗打到三月三，

夺回失去的台湾。

四仗打到四月四，

二十一条要取消。

五仗打到五月五，

恢复东北的疆土。

六仗打到六月六，

弱小民族我扶助。

七仗打到七月七，

打倒日本扶高丽。

八仗打到八月八，

快快收回我旅大。

九仗打到九月九，

肃清国贼再没有。

十仗打到十月十，

南北和平能一致。

《歌谣周刊》，原是每逢寒暑假休刊，民国二十六年六月二十六日的第三卷第十三期时曾有启事说，暑假休刊，九月四日将出版第十四期，谁知这一停就停到现在了，因为过不到半个月，七七事变起，真正的抗战开始了。而徐芳姊抗战时到后方，嫁给了徐培根将军，从此相夫教子，如今更是含饴弄孙，当年名师之徒的“北大女诗人”，也就难得提笔为文了。

当年在北平的一位名摄影记者严羲，保存许多珍贵的照片，有一天他送来一张当年他给我拍的小女记者照，顺便送了我一张团体照。我一下就认出这一定是“歌谣学会”的成立照吧，他说也送了徐芳女士一张。我很高兴地跟徐芳姊通电话，她告诉我说，这并不是歌谣研究会成立照，而是民国二十六年五月卅日“风谣学会”的成立照。“歌谣研究会”是北大的，“风谣学会”则是私人的，虽然成员还是研究会的一批人，因为顾颉刚和胡适二位老师最热心此事，可惜也随着抗战而消散了。

一九三七年五月北平风谣学会成立照。右起:常惠、胡适、沈从文、顾颉刚、李素英、罗常培、徐芳、陶希圣、陈慕洁、朱淑真。

在照片前排当中穿浅色长袍的是顾颉刚先生，他的左旁是常惠夫人葛孚英姊，孚英姊旁是徐芳姊。（海音按：徐芳姊却认为她右边非葛孚英而是李素英。待查。）说起葛孚英女士，她在前年辗转给我寄来一信，因为她知道当年她和常先生的同学老友兼邻居庄严先生是我亲家，非常高兴。她却不知我当年生女儿祖美，正在北平师大图书馆服务，我本不懂图书，孚英姊那时也在师大图书馆服务，是图书馆专家，我的一点图书编目分类常识，都是她教我的，祖美就是庄家儿媳，她也还抱过呢！常氏夫妇仍在北平，只是听说孚英姊近来身体不是很好。跟孚英姊认识是三十八年前的事了，而这张照片也快五十年了。

——原载一九八四年六月一日

《中华日报》副刊

# “牧童阿勋”

——为《爱的种种》出版而写

去年的十月十七日，我从美国飞返台湾的途中，跟阿勋、佳纯夫妇约定，在日本停留两天，虽然东京正值阴雨绵绵，但这短短两天的盘桓，非常愉快。阿勋仍然给我们母子二人订了那家Sun Route旅馆，因为离他的办公室很近，他们工作完毕，就可以散步过来和我们聚晤。多次到日本旅行，在东京，脑海里只有一家新桥的第一旅馆，前年，我夫妇从欧洲旅行返途中，经日本当然又是预早订了“第一”，谁知阿勋那次来接飞机，坐进车子，他就笑嘻嘻地说：“老实不客气，给你们换到另一家旅馆啦！”就是这家。

这次欢聚两日，期以下次再见的约定，言犹在耳，想不到才过了一个半月的十二月八日，阿勋就以宿疾哮喘复发，离开一切人间的爱，走了。走得太突然、太匆忙了，每看到他的照片，接触到有关他的事物，都不太相信这是事实；他的亲人不必说，朋友们每谈起也都一样感觉。

到了东京，余阿勋来接机，笑嘻嘻地说："老实不客气，给你们换到另一家旅馆啦！"

这次阿勋的好友文经出版社的吴荣斌先生要出版阿勋的创作集子，特来跟我商谈他出版此书的出发点和做法，荣斌沉痛地说："阿勋一生译了四十本书，大部分是日本文学作品，又因做驻日本记者，所以一般人就都以为阿勋只译日本作品，只写日本事情。这样的论定不公平，使我要在他的作品中选出他的创作——极富人间情感的散文和对文学的感受、心得，为他出版一本书。阿勋在提供文学与消息上的努力，实在是笔杆摇个不停，极有成绩的一位。台视的总经理石永贵先生在诔词中就曾说：'阿勋先生八年来每天都从日本发回专电专稿…… 七十二年十二月八日，阿勋用自己的生命发了最后一条新闻。'看了这话真是令人心痛如割，好生不忍……"

荣斌说到这儿，也许哽咽住了，我看在一旁聆听的女儿祖丽，也盈眶欲泪。三个女儿跟余氏夫妇都很熟，颇了解多年前佳纯独力卖馒头抚育四个孩子、好让阿勋在日本安心读书的情况；而近年在日本，佳纯在不断努力学习下，又成了阿勋最得力的助手。两人好不容易同一步伐前进，期以美好的前途，怎料天塌下来，佳纯情何以堪？

这本《爱的种种》，选稿共分两大部分，即“人生篇”和“文学篇”，共约五十多篇，都是有价值的创作，尤其“人生篇”中精短的散文，可以读之再三。因为这可说是一个人成为作家的心路历程。例如他在《创造的小径》篇中，也不禁因读《黑泽明的世界》而勾起了向神秘的创造性探求的兴趣。阿勋在文中说了下列的话：“许多心理学家指出，一个富于创造性的人，除了先天具备的条件之外，后天的因素也是很重要的，譬如时代的危机、社会变革的危机、失恋的危机、失去父母的危机等等，都可能激发一个人，使创造性活跃起来。……不过有一点特别值得注意，就是不管哪一种危机必得是一种‘可以挽救的危机’，而不是绝望的危机，否则，创造者连最宝贵的生命都丧失了，哪还有什么创造可言呢？……而主要的，是他内心具有非努力不可的活动力和冲动性，平静无波的心湖绝对激不起创业的豪志，唯有时刻在矛盾挣扎中，才有雄心征服昨日的自我，力求精进……”

像这样宝贵的心得，在本书多篇中都可以读到。对于阿勋来讲,“失去父母的危机”,正可以说是他的写照,是刺激他写作的原动力;这个幼小时生活在凤林山下的苦孩子,一整天都寂寞地坐在门槛上,等候上山给人照顾果园的父母回来。他在两篇文章中都提到坐在那门槛上,四岁的他,怎样静听山后传来的一声间歇的鸡叫,鸡鸣消失后,还有一丝似有若无的声音,清越的在耳畔萦绕,他说:“那是一种悦耳的,又带点伤感的声音。我一直不知那是什么声音,它却陪着我长大。……”其实他早就离开凤林山下,父母也在他童少年时相继去世。所谓陪着阿勋长大的,不是那一丝似有若无的声音,而是那不能抹去的伤感寂寞的童年记忆。

上次到东京的次日,中午有个餐聚,大老远从筑波大学赶三小时路程来晤聚的张良泽、自动翻译《滚滚辽河》为日文的山口和子女士、我的老同学关容等都来了。饭后他们离去,阿勋夫妇已安排好带我们娘儿俩到高岛屋百货公司去看李可染的画展,这倒是个好机会,已久仰李可染之水墨画,是充满了淳朴的乡土气,无论山川飞瀑,竹篱小帆,尤其他是著名的画牧童与牛的。他的牛,可不是一般画家对着牛写生的牛,而是李可染真正倾注感情于牛的牛。他反复地画着牛,像“秋风吹下红雨来”、“牧笛图”、“牧牛图”、“暮韵图”、“暮归图”、“秋声图”、“春塘竞渡图”等,都是以牧童与牛为主题。李可染画的牧童骑在牛背上,怡然自得的神情,充分表现了他对自然的田园生活的欣赏。后读报导，知道李可染自幼生长在徐州的贫寒家庭，寄情于大自然的事务更多，因此他的牛不是文人画的牛，而是自幼即感受多多的牛。看了展览后，心情喜悦，我不虚两日停留，也谢谢阿勋的安排。及至此次在阿勋的作品中，又重读了《青青草》这篇散文，才忽觉悟去年他为什么自己看了又带我去看李可染的画展，是为了李可染的多幅牧牛图，给了他什么感受吧？因为阿勋小时就是看牛的穷苦小孩，是“牧童阿勋”哩！《青青草》正是写他对那头叫“犬角古”的老牛的情感，他怎样饥饿又寂寞地和犬角古停留在江边。他对同样饥饿的牛道出心情。自古以来中国乡下孩子就是跟牛有浓厚的感情，也可说整个中国人就是敬重牛、跟牛有特别的感情吧！牛的任劳任怨，勤勉工作，常常是用来比喻做人的道理。

此次为出版这本阿勋创作选集《爱的种种》，荣斌要我在文前写些什么，我随读、随想、随写，心中的感觉竟以为是在樱花之都的旅舍，等待他夫妇俩下班来接我，谁知阿勋已独自离开人间转瞬半年了！

——原载一九八四年六月二十七日

《中国时报》人间副刊

# 遥念胡蝶

岁月回到五十年前，我在北平读春明女中初中的时候。有一天下课，我们几个喜欢电影和爱活动的同学，相约去看上海明星电影公司拍外景，是胡蝶、郑小秋演《啼笑姻缘》。地点是在先农坛的四面钟下面，阶前摆着简单的道具，不过是一个大鼓架子。在《啼笑姻缘》里，胡蝶是一人饰两人，这时是拍她饰演唱大鼓的沈凤喜，郑小秋演樊家树。人家都说郑小秋个子矮，和胡蝶演对手戏要登上小板凳，这是故意挖苦。那天胡蝶梳着一条油松大辫子，鼓妞儿的打扮，郑小秋穿团花缎子长袍，少爷的打扮；但那件长袍为什么是紫红色的？后来听说因为拍黑白片，这样才可以使色调和谐。郑小秋没拍戏，看见有一堆小女生，便走过来很和气地跟我们打招呼，问我们是哪间学校的。那天去看我所喜欢的女明星，虽是半世纪后的今天，记忆犹新。

一九六五年秋，我受邀访美归来，在日本停留一周，为的是去看我的出生地大阪城。这时老友王渤生、林慰君夫妇也因来台任教途经日本，我们早就约好在日本同游。慰君当年也是胡蝶迷，不知哪儿打听来胡蝶也正居留日本，便经友人介绍认识了，这时距离我的小女生时代，已有三十年，胡蝶也是近六十岁的人了，她高挑的个子，还是那么端庄美丽。我当然先告诉她，我怎么在先农坛看她演戏，那时的小女生胆小竟不敢上前，并且说我是更早打从她演《火烧红莲寺》、《空谷兰》就是她的观众，她听了也很高兴。我问她养生之道，为何六十岁了，还这么漂亮，她说她不但不烟不酒，辣椒也不吃，又提起她的酒窝标记，她笑说，年轻时只右颊有酒窝，老了不知怎么倒变成两颊都有了！

不久以后，她自日来台，在她往来台日及居留台湾的十年间，我们成了时常见面的好朋友。日渐发现她的为人，如此次金马奖颁奖时张京育所说，胡蝶女士不但代表了整个中国电影史，在私底下她的待人接物处世之道也是令人崇敬的。其实还不止于此，她坦诚忠厚，且富幽默感，生活更是简单朴素。胡蝶在天母定居的时候，生活平静，闲来读书、莳花，下山来和我们聚晤，有时打打最小的麻将，无非是要延长更多的时间聊天儿。她的国语虽带一点点她家乡广东的口音，但她会说很多种方言，上海、苏州、福州、扬州等等。她每来总要带三五本文艺书籍回去，下次再来换，张明大姊和我所藏文艺书籍甚多，就够她看的了。她谈一些早年电影明星生活，是我们最感兴趣的了，而她论及同时期的明星，从不道人长短，只是有一次谈到当年一位大学校长因嘲讽张学良，竟造谣诌诗说什么赵四风流朱五狂，翩翩胡蝶正当行……那诗当年全国刊载，使胡蝶名誉极受伤害，胡蝶说："现在张学良人在台湾，可以面对作证，我那时连见也没见过张学良呀！"旧时骚人墨客不知尊重女性，尤其是对待演艺人员。记得和胡蝶同时的明星阮玲玉自杀时便留

胡蝶在台北时和海音常见面

四字遗言:“人言可畏”。阮玲玉那时已是和胡蝶能分庭抗礼的大明星了,都不能忍受人间的欺侮而自杀,宁可放弃大好的前途,可见谣言惑众是多可怕的事。

胡蝶和潘有声的结婚也是当年电影界一大事,白纱拖长及地,绣满蝴蝶,不知有多美丽,他们婚后育有一子一女,生活美满。可惜是后来出大陆后住香港,潘氏病亡,胡蝶从而带着两个孩子寡居香江。

在台居留期间,关怀她的朱先生也往来台日做生意,朱先生来台,我们也都常见面,他是一位忠恳的商人,说起朱先生和胡蝶的缘分,应当从五十多年前说起了。有一天胡蝶在拍片,忽然有一少年徒弟搬道具有什么差错,被导演等骂个不停,胡蝶看不过去,便说:“人家年纪轻轻,不讲什么就好了,不要这么责备人家嘛,好了好了!”这才算给平息了。几十年来胡蝶哪里还记得这小事。谁知就在潘有声故去后,在香港朋友家认识了一位朱先生,朱先生对胡蝶说,你大概不记得有这么回事了,便原原本本道出当年片场被责骂的那少年就是他,朱先生认为大明星对他的关注是不可忘怀的。所以朱先生说,胡蝶有任何需要他帮助的,他都应当做,这时朱先生已经是一位成功的商人了,确是很照顾胡蝶。后来他们有了感情,也论及婚嫁,但大陆竟把多年无音讯的朱氏元配太太送了出来。胡蝶非常忠厚,不愿拆散人家夫妻,便未成婚。后来离日来台居住恐怕也是原因。朱先生曾很诚恳地对我们这些朋友说，他愿照顾胡蝶，让她过十年安静健康的好日子。那时胡蝶的儿子尚在英国读书。这段缘分，胡蝶都很坦白地对我们讲。直到十年前胡蝶移居加拿大傍着妹妹胡珊，这时她的儿子也学成在加拿大奉养母亲。去年消息传来，朱先生倒先离胡蝶而去，在美国去世。他们俩的这段情缘很使我感动。

胡蝶离台时，要我选些她种的花儿草儿，我也盆盆罐罐的拿下山来。她移居加拿大后，也还来过台湾。这次听说她要来领奖，正高兴可以见到八十岁的胡蝶了，却不想她因旅途不宜，不能亲自来，她给张明大姊信上说："……早就该写信给您，可是懒得很，真是要不得。蝴蝶是虫变的，我胡蝶是懒虫变的啊！……医生说我不宜远行，近日精神很差，一切都在退化，终日不做事情都觉得很累，每天要吃几种药离不开医生……"

无论如何，她得此特别奖是实至名归，我们遥祝她健康！

——原载一九八五年十二月六日

《中华日报》副刊

# 念远方的沉樱

回想我和沉樱女士的结识，是在一九五六年的夏天，我随母亲带着三岁的女儿阿葳，到老家头份去参加堂弟的婚礼。上午新妇娶进门，下午有一段空时间，我便要求我的堂的、表的兄弟姊妹们，看有谁愿意陪我到斗焕坪去一趟，我是想做个不速客，去拜访在大成中学教书的陈锳（沉樱）老师，不知她是否在校。大家一听全都愿意陪我去，因为大成中学是头份著名的私立中学，陈老师又是那儿著名的老师，吾家子弟也有多人在该校读书的。于是我们一群就浩浩荡荡地来到了大成中学。

到学校问陈老师住家何处，校方指说，就在学校对面的一排宿舍中。我们出了校门正好遇见一个小男生，便问他可知道陈老师的住家，并请他带领我们前往。这个男孩点点头，一路神秘不语地微笑着带我们前往（我至今还清晰地记得他那神秘的笑容）。到了这座日式房子，见到沉樱，她惊讶而高兴地迎进我们这群不速客，原来带我们来的正是她的儿子梁思明。

大热的天，她流着汗（对她初次印象就是不断擦汗），一边切西瓜给大家吃，一边跟我谈话。虽是初见，却不陌生；写作的人一向如此，因为在文字上大家早就彼此相见了。尤其是沉樱，她是三十年代的作家，是我们的前辈，我在学生时代就知道并读过她的作品了。

一九五六年开始交往，至今整整三十年了。三十年来，我们交往密切，虽然叫她一声“陈先生”，却是谈得来的文友。她和另外几位“写沉樱”的文友也一样；比如她和刘枋是山东老乡，谈乡情、吃馒头；她和张秀亚谈西洋文学；和琦君谈中国文学；和罗兰谈人生；和司马秀媛赏花、做手工、谈日本文学。和我的关系又更是不同，她所认为的第二故乡头份，正是我的老家，她在那儿盖了三间小屋，地主张汉文先生又是先父青年时代在头份公学校教的启蒙学生。我们大家聚在一起的时候，话题甚多，谈写作、谈翻译、谈文坛、谈嗜好、谈趣事，彼此交换报告欣赏到的好文章，快乐无比！到了吃饭的时候，谁也舍不得走，不管在谁家，就大家胡乱弄些吃的——常常是刘枋跑出去到附近买馒头卤菜什么的。

这样的快乐，正如沉樱的名言——她常说：“我不是那种找大快乐的人，因为太难了，我只要寻求一些小的快乐。”

这样小快乐的欢聚的日子也不少，是当她在一九五七年应聘到台北一女中教书的十年里，以及她在一女中退休后，写译丰富、出版旺盛的一段时日里。

如今呢？她独自躺在马利兰州离儿子家不远的一家老人疗养院（Nursing House）里，精神和体力日日地衰退。手抖不能写，原是数年前就有的现象，到近两年，视力也模糊了，脑子也不清楚了。本来琦君在美国还跟她时通电话，行动虽不便，电话中的声音还很清晰，但是近来却越来越不行了。今春二月思明来信还说，妈妈知道阿姨们要写散文祝贺她八十岁生日，非常高兴，我向思薇、思明

写作、翻译丰收时期的沉樱

姊弟要照片——最重要的是要妈妈和爸爸梁宗岱(去年在大陆逝世)的照片,以配合我们文章的刊出,沉樱还对儿女们催促并嘱咐:“赶快找出来挂号寄去!”思明寄照片同时来信说:“妈的身体很好,只是糊涂,眼看不清楚,手不能写是最难过的事,我也只有尽量顺着她,让她晚年平静地过去。”据说这家疗养院护理照顾很好,定期检查,据医院说,沉樱身体无大病,只是人老化了,处处退步。

我们知道沉樱眼既不能视,便打算每人把自己的写作录音下来,寄去放给她听也好吧!但是思薇最近来信却说:“……希望阿姨们的文章刊出录音后,妈妈还能‘体会’,她是越来越糊涂了,只偶然说几句明白话。每次见着她,倒总是一脸祥和,微笑着环视周遭,希望她内心也像外表平静,就让人安心了……”琦君最近也来信说:“稿子刊出沉樱也不能看了,念给她听也听不懂了,只是老友一点心意,思之令人伤心!”

频频传来的都是这样的消息,怎能想象出沉樱如今的这种病情呢!

一九〇七年出生的沉樱,按足岁算是七十九岁,但以中国的虚岁算,应该是八十整寿了。无论怎么说,是位高寿者。而她的写作龄也有一甲子六十年了。沉樱开始写作才二十岁出头,那时她是复旦大学的学生。写的都是短篇小说,颇引起当时大作家的注意,但是她自己却不喜欢那时代的写作,在台湾绝少提起。她曾写信给朋友说，她“深悔少作”，因为那些作品都是幼稚的，模仿的，只能算是历史资料而已。她认为她在五十岁以后的作品才能算数，那也就是在台湾以后的作品了。可是她在台湾的几十年，翻译比创作多多，创作中绝无小说，多是散文，她的文字轻松活泼，顺乎自然，绝不矫揉做作，她的翻译倒是小说居多，她对于选择作家作品很认真，一定要她喜欢的才翻译。当然翻译的文字和创作一样顺当，所以每译一书皆成畅销。最让人难忘的当然是茨威格的《一位陌生女子的来信》，出版以后不断再版，引起她翻译的大兴趣，约在一九六七、六八年间，她竟在教书之余，一口气翻译、出版了九种书，那时她也正从一女中退休，很有意办个翻译出版社，在翻译的园地上耕耘呢！

说起她的翻译，应当说是很受梁宗岱的影响，民国二十四年她和梁宗岱在天津结婚，他们是彼此倾慕对方的才华而结合的。尤其是文采横溢的梁宗岱，无论在写诗、翻译的认真上，都使沉樱佩服，她日后在翻译上，对文字的运用，作品的选择，就是受了梁宗岱的影响。但是在他们婚后的十年间，沉樱的译作却是一片空白，因为连续生了三个孩子，又赶上抗战八年。但是没有想到抗战胜利后，她和梁宗岱的夫妻之情再也不能维持下去，因为梁宗岱对她不忠，又和一个广东女伶结合，她的个性强，便一怒而携三稚龄子女随母亲、弟弟、妹妹来台湾，一下子住进了我的家乡头份，在山村斗焕坪的大成中学一教七年才到台北来。她并没有和梁宗岱离婚，在名义上她仍是梁太太，而梁宗岱的妹妹在台湾，她们也一直是很要好的姑嫂。

记得有一年她正出版多种翻译小说时，忽然拿出一本梁宗岱的译诗《一切的峰顶》来，说是预备重印刊行，我当时曾想梁宗岱有很多译著，为什么单单拿出这本译诗来呢！直到不久前，在一篇写去年去世的梁宗岱的资料，说梁于民国二十三年在日本燕山完成《一切的峰顶》的译作，而那时也正是沉樱游学日本，和梁同游，当然完成这部译作时，沉樱随在身边，这对沉樱来说，是个回忆和纪念的情意，怪不得她要特别重印这本书呢！也可见她对梁的感情，并没有完全消失，她的子女也说，母亲对父亲是既爱又恨！也怪不得这次我向她子女索取一定要有爸妈合照的照片时，她催着子女一定要挂号赶快给我寄来。如果不是海天相隔梁宗岱已故去的话，今年也是他们的金婚纪念呢！

在我收到的一批照片中，有几张是民国二十四年二十四岁的马思聪、王慕理夫妇第一次到北平开演奏会，住在沉樱家一个月时合拍的，这使我想到三十三年后的一九六八年，马思聪初次来台湾，沉樱所写的一篇使我极为感动的散文《重见故人》，文中说：

一九三五年马思聪、王慕理夫妇(右)第一次到北平演奏,与好友梁宗岱、沉樱夫妇合影。

一九六八年,马思聪夫妇(右)来台,与沉樱数十年后重逢,座中少一人!

……第一次来台湾演奏时，我曾含泪读那些新闻报导，哽塞着喉咙躲在欢迎会的角落里，遥望他们被人包围的盛况，接着在音乐会中，聆听那些美妙而耳熟的琴音，真是百感交集，成了座中泣下最多的人。……

时光流逝，马思聪夫妇经过了十年的浩劫，也竟能仍是一对夫唱妇随的美满夫妇，来到宝岛，沉樱想到民国二十四年时和故友同游的情景，如今她形单影只，怎能不有“座中泣下谁最多，江州司马青衫湿”的心情呢！

头份如今是个有七万人口的镇，斗焕坪是头份镇外的山村，经过这儿是通往狮头山的路。沉樱把这里当做她的“有家归不得”的精神的老家。她退休后在这儿盖了三间小屋。她所以喜欢这儿，不止是为了她在这儿住了七年的感情，不止是果园的自然风景和友情，而是一次女儿思薇来信说到曾做梦回台湾时，加注了一句：“不知为什么每次做这种梦，总是从前在乡下的情景。”就是指的斗焕坪。于是她才决定在那山村中，盖了三间小屋，使孩子们有了个精神的老家，她也跟着有了第二故乡。

她在台北居住、忙于翻译出书时，总还会想着回到木屋去过几天清悠的日子，那是她这一生文学生活最快乐的时期，所以她说：“我对生活真是越来越热爱，我在这个世界还有许多事没做呢！”

沉樱退休赴美定居后，时时两地跑，倒也很开心，一九八一年是沉樱回台湾距今最近的一次。一九八三年身体才变化大，衰弱下来。今后恐怕她不容易再有回台湾她的第二故乡的机会了，我们只希望她听了我们每人的录音，真能“体会”到和我们欢聚的那些美好的日子。

——原载一九八六年八月二十三日

《中国时报》人间副刊

附：

# 天上人间忆沉樱

金秉英

过眼年华，几番春换，已到了垂暮之年。回首往事，风光旧迹，无处堪寻觅！而今，故人长眠，天上人间，永无相会之日。只有我们的亲密无间、刻骨铭心的友谊与你当年风华正茂、完美无缺的形象，都已融化在我的心中，芬芳依旧，青春长在。

我记得，那是三十年代初期，一个春光明媚的日子，你因为婚事变故①，带着一个幼小的女孩住到我家来。那时我家住在西城旧帘子胡同，是个四合院，你就住在五间北房的西头一间。我记得你来时，穿着一件蟹青哔叽的旗袍，五分宽同色缎边，外加一件黑丝绒的背心，围着一条白纱巾。头发没有烫，舒舒展展，半边梳在

① 指沉樱第一次与戏剧家马彦祥之婚姻。

耳后，半边垂在耳旁，面颊上有个笑靥。一口流利的北京话，偶尔，又会杂有一点苏白，真是神采秀逸，丰姿动人。后来从侧面知道，你原籍是山东济南，曾在上海住过，参加过田汉的南国社。

当时你在北京故宫博物院工作，小女儿在幼稚园，每天带着女儿早出晚归，十分辛苦，到了离婚终于成为现实，小女儿被马家带去了，离开女儿，母亲的心里当然是十分痛苦的。但是你，表现在日常生活中，竟是谈笑自若，这般豁达，反使我感到心酸。

自此之后，我常常陪伴你，你依旧还去工作。

我们喜欢晚饭后一同去理发店洗头，我们喜欢理发店里的柔和灯光，喜欢在大镜子里，彼此窥伺，相顾而笑。

我们喜欢穿一色一样的衣服，一同出去。有一件绿绸夹袍，是你亲自挑选的。衣服早已不知去处了，但那衣服的颜色，却留在我的眼前，绿得真美，像是品绿？像是青绿？又都不像，这种绿的颜色，我说不上来。我虽然不喜欢穿绿色衣服，但对这件绿夹袍，却十分的喜爱。

我们喜欢傍晚去中央公园散步，水榭池旁，我们饮过茶，你喜欢那一池绿水，几树垂杨。公园后面，松树林里，我们散过步，喜欢扶在筒子河边的铁栏杆上，欣赏那晚霞满天，松林夕照。

你很健谈，但你从来未涉及你的婚变，也从未涉及马先生的一言一行。你内心的苦痛，只让你自己承担，使我心忧。

有一个星期天的上午，你过来找我，笑嘻嘻地问我：

“你今天有空？我要带你去个地方。”

“什么地方？”我问。

“暂时保密。”你依然笑嘻嘻的。

我们乘着人力车，由你领路，走了好远，把我带到了后门外慈慧殿，在一个宽大像车门的门前下了车。

“这是什么地方？”我不禁问了，你却笑而不答。

你领着我照直往里走，走过一条宽宽的甬路，再往内走，走进一个荒芜的大花园，树影森森，野花杂生，见东墙角有两棵高大挺拔的楸树，枝叶茂盛，树冠上开满了粉红花，树干上又爬满了紫藤萝，此刻正在开花，一串一串地挂在那里，好不繁花似锦，猛然间，使人想起：难道春光正躲在荒园墙角？

这园子里有三间花厅，前有廊后有厦。你领我顺着小径，照直地走上廊子，推门进去。只见屋内是个客厅，正有两个戴眼镜的男子坐在沙发上争辩什么，见我们进来，连忙站了起来和你握手，其中一个高高的身材，穿着淡灰色的西装，很有风度，你给我介绍：

“这是梁宗岱。”介绍另一位：“这是朱光潜。”

直到此时，我对你来到这里的目的，依然猜不透，那么只有“既来之，则安之”了。

不久，我明白了，我从你的眼神，从你与梁宗岱教授目光接触中，使我明白是怎么一回事了。我只望着你笑，你也还我一个会心的微笑。

他们要留我们吃饭，我想怎么第一次到人家来就吃饭？但是看到梁宗岱那么热情招待，安排加菜，再看你那双眼睛，含着无限的柔情，我倒也不好说走了。

午餐安排妥当，就了座，梁宗岱拿起酒瓶来敬酒，他问你，我的酒量如何？你回答，可以喝一点。我忙用手捂住酒杯：

"我实在不会喝酒。"

梁宗岱举着酒瓶笑着望着你，你又说：

"她倒还喜欢酒。"说完又笑，很少看见你这么高兴。

我忙分辩："喜欢不等于会。"

还是朱光潜教授在一旁解纷："就斟半杯，可以吧？"

这酒倒入杯中，红得像琥珀，抿上一口，竟是甜丝丝的。似乎听到梁宗岱对你说，这酒是贵阳花溪用什么野生果子酿的，你叫它红酒。

朱光潜让大家到他屋子去喝茶，他就住在后面的一进，房子和二进花厅规模相同略小，四壁图书，琳琅满目，可见屋主人的高雅淡泊。

提到他们住的这座园子，原是李莲英的故居的后花园。

知道他们有午睡的习惯，稍坐片刻，我们便告辞了。

出来之后，我问你：

“你今天酒喝多了？”我知道你平日是不肯饮酒的。

你悠悠一笑，说什么：“对酒当歌，人生几何！”

之后，有一天你下午回来得早，我恰也在家，闲话起来，我们坐在外间的沙发上，茶几上放着两杯玫瑰花的红茶。我心里原装着满满几箩筐的话，想和你说。打量你时，忽然发现，你脸上焕发了光彩，眉眼间含着盈盈的笑意，一切都不言而喻了，我心头不觉一喜。

天又落起了濛濛细雨，你想出去走走，我们冒雨去了中央公园。

雨中的公园，清洁如洗，游人几乎绝迹，树上的叶子，翠绿欲滴，那苍松翠柏，红墙黄瓦，色泽分外鲜明。我们经过“公理战胜”的牌坊，沿着长廊，先走到来今雨轩，那里席棚下的茶桌，因雨都已收到房檐下。我们想往后边去，离开长廊，道路泥泞，只好又折了回来，走到水榭。鞋上已经沾有了泥浆，旗袍的下摆，已经湿了一角。水榭廊上的茶桌，本已收去，茶房见有人来，忙又搬出一套，你吩咐茶房放到临水的一方。茶房又送来一壶清茶，一盘瓜子，两条热手巾把。我们擦擦手，坐下来慢慢地嗑着瓜子。

雨下大了，大颗大颗的雨点，从晃动的柳枝上落下来，雨点闪着光，晶莹明亮，像是一颗颗真珠，落到池中。不久，真珠的雨帘，已经遮住我们的视线，周围更不见人影，你默默地望着雨，若有所思。我试探地问你：

“感到幸福吧？”

你微微一笑：“怎么说呢？他很爱我，教我没法不爱他。”

“乐莫乐兮新相知。”我笑着说了一句俏皮话。你蹙起了眉头，我很难见到你蹙眉头的。

“焉知不会乐极生悲。”你说。

真使我有些莫名其妙了，稍停，你又说：“世事无常，人心叵测！”

我想：你很矛盾，有些思虑重重，是因为你刚刚经历了一场婚变，也许你的心里还在流血，这心上的创伤是很难愈合的。你本是个自尊自爱、以德自守、矜矜兢兢，以礼自持的人，哪里禁得起这种打击！

我知道你在离婚之后，很有些人追求你，都被你拒绝了，当然我也知道，你多么需要一个知心的终身伴侣，需要内心的稳定和宁静。

暑假中，你告诉我，你要和梁宗岱去日本，结婚、度蜜月。我衷心祝愿你们幸福，白首偕老。

以后，从你自日本的来信中，知道你们生活得很幸福。

到了春天，你在一封信中，称赞日本樱花谢时的美景，我记得你是写的这么几句话：

“我本来喜欢看落花，但没想到樱花落时，竟如此壮观。樱花开时，一夜之间，堆满枝头，樱花落时，一日之间，落得干干净净。”

因之，又使我想到龚自珍的《落花诗》：

“落花竟如钱塘夜潮澎湃，昆阳晨鼓披靡，又如八万四千仙女一齐倾胭脂。”我不禁也心向往之了。

一年以后，你们回到北京，幸福的生活，使得你的面庞儿丰满了，笑靥洋溢在眉梢眼角，使我欣慰。

你把在日本所见所闻，不厌其烦地一一讲给我听，你把在日本学到的插花、化妆，也搬出来，给我看，对我讲。喜悦的潜流，在你我心底流过，是这般的温暖，这样的柔和，使人永志难忘。

一九三五年秋天，我家要迁往上海。临行前，你来送我，见桌上放着一盒银茶匙，是刘吴卓生教授送的临别纪念，银茶匙的柄头，刻着“己欲立而立人”。你看了这几字，飘忽一笑，说了一句话：

“难矣哉！”

你又恳切地对我说：

“你太容易相信人了。今后离开家人，离开师友，许多事情要艰难得多，而且，人心叵测，世途险阻，你千万要好自为之。”

当时我无知而自负，哪里肯把这些话放在心上，还以为只是你的现身说法而已。

"我知道。我不会那么蠢的，你放心吧！"我回答。

你难得地蹙了眉头。

多少年后，当事实验证了你的话时，我已欲哭无泪了。知己难得，诤友不再，此恨绵绵！

一九三七年暑假，我自上海返回北京探亲，适遇七七事变。七月九日，我匆匆地乘火车离开北京去天津，一路上，不断地给日本军车让道，从上午九时开车，直到了晚上八时才到天津。好不容易买到去上海的船票，上了船，又等了两天，到了第三天，船上忽然宣布：船不在上海停靠了，要直驶广州。这样要去上海，只有过海去烟台，再转道而行。此时，正不知有多少人都集中在过海的码头上，我开始体会到行路难。

幸而我的同行中，有我在北京的学生一家，她的父亲是在邮电部门工作的，他找到一艘邮政快艇，送我们过海。

邮政快艇停在轮船船舷边的海中，要从船舷上悬的绳梯走下去，我战战兢兢地好不容易下去了，刚站稳，忽然听见轮船上面有人叫我，转身往上一看，见是朱光潜教授，不及寒暄，只顾问他要不要过海去烟台。他说，他们要去广州，并告诉我梁宗岱他们也在船上，我当然立即想到你，但是再看船舷上的绳梯，我实在没有勇气再爬上去。

这时邮政快艇发动了，风驰电掣，彼此挥手告别，远远地看见他身旁站了一个人，向我挥手，那该是梁宗岱教授，他们身旁又站了一个人，海风吹着她头发，飘动她颈上的白纱巾，已经看不分明了。那一定是你，一定是你。

夕阳照耀着海面上，万道金光闪烁，海在歌唱，人在相望，白纱巾在天际飘舞，片刻间，人远天涯。

这是我们最后一次，未曾聚首，已经分别。海天苍苍，云雾茫茫，遗憾无穷！

一九四三年，我自桂林去了重庆，有人告诉我，你与梁宗岱已经离婚了。使我大吃一惊。又说你在南岸教书，带着孩子。重庆南岸的地方不小，又无确实的地址，教我如何去寻找？适收到梁漱溟先生来信，嘱我速回桂林，我便匆匆地走了。

到了一九八三年初夏，我又回北京去，待我买好了南返的火车票，临走时，三妹告诉我，你要来北京，是妹夫蒋风之教授听朱光潜教授说的。又是没有确定的日期，我不及等待了。

去年春天，收到相别半个世纪而又通信的林海音来信，告诉我，你已于前年四月病故在美国。

多少年来，我每以“海内存知己，天涯若比邻”来自许自慰。我从来没有想到过，你有一天会死。这个噩耗，使我惊愕，使我悲痛。

痛定思痛之余，我终于明白了，人生机缘有限，稍纵即逝。七七事变那年，我为什么不再攀绳梯，以谋一面？一九四三年，我为什么不去南岸，多方寻觅？一九八三年，我为什么不在北京等候？这么多的机缘，都是阴错阳差地被我轻易放过了，夫复何言！

而今而后，天涯海角，故人长辞；天上人间，两处茫茫。无花秃笔，难写我的悲思于万一。我的心里好似一阵狂飙横扫，倏地一下，——“流水落花春去也”！

你的故乡，大明湖畔，柳色青青，泉水滢滢；每到春来，杜宇声声。日暮风吹，落叶依枝。言有尽而情不可终也！魂兮归来。

——原载一九九〇年四月十三日

《中国时报》人间副刊

# 春声已远

——《天上人间》小注

看看日历，马上就到了四月，记忆沉樱女士是一九八八年四月十四日在美国去世的，两年了。每翻开我为沉樱编的散文全集《春的声音》，看到她的照片和散文，就不由得想到她生前在台北一女中教书和翻译时期的丰富生活。她译的《一位陌生女子的来信》在当时真是轰动，原著的悲，译笔的美，当时的女学生谁不人手一本呢！曾几何时，她退休去美依子女生活，生病，停笔，而台湾的社会，读书生活也改变了，问年轻一代，读过《一位陌生女子的来信》？没人读过，问沉樱其人，没人知道了。

去年我和在北平读书时的国文老师金秉英女士联络上了，她也是三十年代的作家，和那时代的文坛多有认识和交往（她曾为《中国时报》人间副刊写过纪念萧红的《昙花一现的友情》），我知道沉樱也是她的好友，便告诉她沉樱已故，她知道了很难过，便写了这篇《天上人间》的怀念文章来。文中开始所写沉樱带着一个女儿住到她家北屋，那个姓马的女儿，原来是沉樱第一次婚姻和我国戏剧家马彦祥结合所生的，到金家住正是和马彦祥婚姻破裂时，她写和沉樱成为好友，两人年龄相若，同是国文系毕业，又同能写得一手好散文，生活方式也同，这篇文章就是怀念和沉樱的交往，和她们同样欣赏大自然风景和古典诗词，更可贵的是金秉英老师不但眼见沉樱和马彦祥的破裂，后来沉樱和梁宗岱的初识和恋爱，她也亲见一些。这篇实可列入作为三十年代作家史料。

沉樱生前在台时，是从不提她和马彦祥的一段，我们少数知道的人，也从不和她谈起。我为文写和沉樱认识，总是由她于一九五六年在我家乡苗栗头份大成中学教书时说起，其实民国二十四五年我在北平世新读书，周末金秉英老师常约我到她家吃包饺子时就见过她了，也就是《天上人间》所写沉樱带一个女儿住她家北屋的时代。

一九八二年，沉樱在美国有大陆之行，我是后来看大陆《新文学史料》季刊（一九八四年第二期），有一位署名阎纯德的作者，写了一篇长文《沉樱及其创作和翻译》，很详细记记沉樱到大陆并且和她的女儿马伦见面，再写到她的读书时期，和马彦祥在上海因戏剧而结合，生了一个女儿离了婚，后来认识留法诗人梁宗岱，生了三个子女以后，抗战胜利终于又和梁分开，带着三个幼龄孩子到台湾来，一头扎进了我的家乡头份教书。到台北以后在一女中教书，又从事翻译工作。这些都写得很详细，平实。她自大陆返美后，就病了，而且头脑不太清楚，她的大女儿梁思薇后来对我说，她母亲的病是脑神经受害太深，有时行动异常，那次去大陆，也是她自行前往，她们和母亲未住同一城，如果她知道她的病情如此，也就会拦阻不要她去了，回来后就病得更严重，不信任任何人，把自己关在屋里不开门等等。直到她病得越来越厉害，终于送入了病人疗养院，认人不清，一九八八年的四月故去。

听思薇讲后，我也想起那时她从密歇根安娜堡曾打电话给我，说了半天，语焉不详，我也不得要领。但后来要给她出版《春的声音》，她倒很高兴，嘱咐催着子女们给我赶快寄照片来。一九八三年，在沉樱去大陆回来后的次年，梁宗岱死了，大陆的报刊也有许多报导（《传记文学》也有转载，如《备受折磨诗人梁宗岱的一生》），我曾跟思薇联络，问她可看过这些有关她父、母的报导？她住在美国北卡罗莱那州的大学城，不易看到台湾或大陆的东西，我便影印寄给她，又和她谈起，并且征询她的意见，我可否写一些有关她母亲的第一次婚姻，以及和梁宗岱的事情？思薇对我说，没有问题。我问思薇可见过这位姓马的姊姊，她说在上海见过一次，长得很漂亮，衣着很时髦，比思薇大八岁，母亲让她叫“大姊姊”，因为思薇是梁宗岱的大女儿，弟弟妹妹都叫思薇“大姊”，现在来了个同母异父的姊姊，所以在“大姊”之下加了一个“姊”字。思薇又谈到一九八二年她母亲去大陆时，她父亲知道了，曾坐了轮椅到北京去参加一个作家的会，因为父亲以为母亲会去开会，其实母亲并没有去。第二年父亲就去世了。父亲至死欣赏母亲的文才，而母亲也一样欣赏父亲，有一次沉樱就对思薇说：“说来你父亲其实不错，但实际上他要负很大责任。”沉樱所指就是梁宗岱和广东女伶的事，是因此，沉樱才带着三个稚龄子女到台湾。沉樱在台湾一直是以“梁太太”自居，就是她到美国后，每写信来，信封上的发信人都是写的“梁陈锳”（本名）。她又在台出版了梁宗岱的《一切的峰顶》这本诗集，心中也有纪念她和梁宗岱二人合作的意思，因为这本诗集是她当年和梁宗岱在日本时写译的。

说来也巧，去年马彦祥的妹妹马琰女士自法国来台，这里有很多她北大的同学、朋友。谭旦冏先生邀约的场合上，我认识了马琰，谈起沉樱，她很感叹，颇怪她哥哥的不专情，她说其实马家都很喜欢沉樱的。马伦后来由马家祖母带养长大（马彦祥的父亲马衡当年是北平故宫博物院院长，叔叔马裕藻是北大文学院长，姊姊马珏女士是北大校花）。那天谭先生邀约的有成舍我先生，王霭芬女士，徐芳女士等都是老北大的。今年马琰女士又来了，却难过地说，怎么一年的工夫，成舍我、王霭芬都生病住院了？我那天邀约马琰来家小聚，只得约了舍我师的女儿成嘉玲和霭芬姊的女儿方思霙来。

为了给《天上人间》写个小注，琐琐碎碎说了这么多，读者只当看了一段作家史料，但我却因而怀念和沉樱三十多年来的友谊。我翻着《春的声音》中一篇篇沉樱的译作，不禁感念着，声音已远啊！

——原载一九九〇年四月十五日

《中国时报》人间副刊

# 海天永隔故人情

去年五月底我们收到一封陌生者L先生的来信，寄自西柏林的自由大学。信是要我们转给《高山青》作词者诗人邓禹平的。这时邓禹平已经二次中风病倒，在耕莘医院住一阵后转到空军医院了；而且这一次病情不轻，可以说已经成了植物人了，无论如何，要他亲自看信是不可能的了，念给他听的话，也不知是否会有所感应。信大致是这样写的：

**禹平老友：**

多年不见，别来无恙！我最近应邀来到西柏林。今天有幸见到台湾大学外文系教授齐邦媛先生，我即向她探问你的情况。很巧，她说她虽然未见过你，但对你却很熟悉。并谈到你最近曾获奖，还重新出版了你的诗集。作为老朋友的我，得知你这些成就，怎不万分高兴呢！欣喜之余，我谨向你致以衷心的祝贺！

此外，齐教授还谈到你身体欠安，这又令我担忧。望你善自保重，好好保养，早日康复。……听齐教授说你的诗作文情并茂，早已脍炙人口。我想如果我能有幸读到，定然感慨万端。但不知能惠赠一册否？说不定我还能将其中某些诗作谱为歌曲，这对我们过去深厚友谊，倒是一种很好的继续。……

禹平虽然已经不能阅读此信，我们仍然交给他的热心的“小”朋友钟光荣先生，请光荣带到医院，在病榻旁禹平的眼前晃一晃，看看他有什么反应吧！另方面既然L先生要禹平的诗集《我存在，因为歌，因为爱》，便由祖丽航寄一册给他，并大致告诉他，禹平二次病倒的情形。七月下旬，我们又收到L先生给祖丽来信，这位与禹平从小在一起的同乡、同学，得知禹平已无法和他通信，在热泪盈眶下读了禹平的诗集后，不禁写了这封怀念老友的长信，报告一些我们一向所不知的禹平的早年的生活情况，我认为这封信是值得公开给禹平的朋友们一读的：

来信及邓禹平诗集《我存在，因为歌，因为爱》均已收到，非常感谢！诗集版本精美绝伦，特别是楚、席二位先生的画，和诗境水乳交溶，确实不可多得。像这样的版本，即使不是禹平的诗集，我也会爱不释手的。

读到禹平的诗，真是万分兴奋。没想到此次柏林一行竟能一亲故友心声，这不得不感谢您和齐教授的热情相助。禹平的诗的确可说得上是用心血写成，感情之真挚，情调之凄婉，每读都不禁使我热泪盈眶。当然，这里面还掺杂着我本人过去同他交往的许多回忆，也有很大关系。我想，禹平虽遭不幸，但他的诗集能广为流传，对他说来也是大幸了。

禹平的过去，我想也许许多友人恐怕不一定知道，因此我准备在这里简单地谈谈，如能对了解他有所帮助的话，那也就算我对他所尽的一点绵薄了。他出生在四川省三台县塔子山乡。他的父母我未曾见过，因我虽然也在三台出生，但我和他不是一个乡。一九三九年他在三台县县立初级中学上学时和我同班。因他和我都非常喜欢文艺，所以便十分要好。那时他在绘画、音乐和诗歌上都表现出相当高的才能。我们经常在一道画画、唱歌并谈论文学作品等等。他还和我一直在班上主持壁报，这在学校里还颇有影响。虽然我同他简直是形影不离，但我们两人的性格却很不一样。比如他交游颇广，我则很少和他人交往；他在体育上也十分出色，是班上的篮球健将，我则连球也不摸。奇怪的是他虽然极善交际，但在校园中却一直没有女友。从他的诗上看来，他在爱情上似乎后来也一直很不如意。他初中毕业后又和我一道考入三台高中。但他未念完一学期，即离开三台到重庆去考入了中国电影制片厂。这之后，我们便一直通信，而且书信往来很多。

他除做电影演员外(仅演过一些配角)，还做话剧演员。我念完一年高中即到成都考入四川省立艺术专科学校学小提琴，两年后又入重庆国立音乐院转学。这期间我又和他见面了。因音乐院在青木关，离重庆市区还有一百多里，所以不能时时见面；不过，我每次去重庆都住在他那里。这时他和过去一位中学同学恋爱。记得我去重庆时，她正好也去，我还同禹平一道到车站去接她。但后来却不知他们为何又分手了。这是我所知的他仅有的一次恋爱。前年我曾见到他这位女友，她还问起禹平。禹平曾私下同我谈起他在中制未受到重用，心里很不痛快。比如未让他演过较重要的角色，甚至让他干些杂务，如道具等等。我也曾劝他离开那里去投考艺术学校，但他却始终未下此决心。

抗战胜利后，他到了上海(一九四六年)，随即我也到了上海。这时我们又经常在一起了。虽然后来因为大家都很忙不常见面，倒也到他那里去住过几次。刚到上海时我们两人都突然对写诗发生了浓厚兴趣，那时我们都写了不少诗。可惜我的已全不在了，我想他那时的诗大概也不复存在了，要不看看那时的一些天真而幼稚的想法倒也有趣。他在上海也不太得志，仍然干些杂务。当时由于我同家庭断绝了经济联系，生活很困难，他还时常给我以资助，虽然他也并不十分充裕。我最后一次见他还是一九四八年秋，学校放假后我还到他那里住了一段时间。不久我离开了上海。记得我向他告别时，他正在摄影棚，那时他作《武训传》的场记。当时我也仅向他一人告别。他还坚持要给我一些旅费，以免旅途发生困难。这种情意也确实令人难忘。后来我回到上海时，即向电影界人士打听禹平下落，得知他已去台湾。此后便杳无音信了。还是去年我访问澳大利亚时，悉尼有个合唱团，主持者是著名小提琴家林昭亮先生的母亲俞国林女士。她约我去合唱团，他们演唱了《高山青》一曲，并赠给我曲谱。当我见到这首曲子的词作者竟是禹平，真是喜出望外，其实这首曲于我早已十分熟悉，并且十分喜爱，却没想到词作者竟是多年不见的老友，当时的兴奋当可想见。我当即打听他的下落，但却没有结果。这次应邀来柏林，有幸见到齐教授，才第一次得知他的确切消息。但我给他的信却太迟了，真是太遗憾了！我相信他要能读到我的信，一定非常高兴的。如今我也只有遥遥地为他祝福，切盼他早日康复。……

（一九八五、七月廿一日）

我们收到这封信，也诵读再三，深受感动。当时曾想就这封信写一篇稿子，藉以慰躺在病榻上已世事不知的禹平，但延搁下来，直到去年十二月二十一日禹平终于撒手人寰，寂寞而去！既不存在，也就没有歌、没有爱了，但在生命的最后，竟有这幼年不忘的友情出现，禹平死亦瞑目了。

禹平二次病倒后，我适旅行国外，回来后一直到他故去，我都没有去医院探望；无他，有过几次探望沉重或已成植物人的经验，印象久久不能抹去，如黎烈文、覃子豪、刘非烈等三位先生，至今一想起他们，浮在眼前的总是最后他们在病榻上的不成人形的形象。以后，我就为了留下他们生前美好的影像，而不愿再去看沉重的病人了。

话再回头说，当我们收到L先生的长信后，见信中提到他那样欣赏楚戈的诗及画，便给他又寄了我们为楚戈出版的一本诗画集《散步的山峦》和我的《剪影话文坛》，因为书中有一段我写的邓禹平。他收到书信后，又寄了信来，因为信中有提到他对邓、楚两人诗的读后，以及又提到他的家乡四川三台县，也顺便摘录于此吧!

来信及惠寄的书和照片均已收到,非常感谢。您的信和书又一次使我喜出望外。齐教授说她很遗憾没有把《剪影话文坛》给我,但其中有关禹平的那篇文章,她已影印给我了,这已经使我很感谢了,如今得到这本书,当然更是高兴。收到后我便一口气读完了它。书中所写的一切我都非常感兴趣,而最使我感动的,就是书中处处都充满着真诚的情谊,这只有真正为了艺术才能如此亲密无间。

楚戈先生的书我也非常喜爱,如此精美的版本实属难得。这本书确实可以称得上是诗、书、画三绝,而且这三者配合得如此密切,是极为罕见的。我感到楚戈先生的诗和禹平的诗确实各有千秋;禹平的诗如行云流水,处处出诸自然,读来毫不费力;而楚戈先生的诗则需要细细咀嚼,且愈嚼愈觉有味。

关于禹平我还要提到一点,那就是他和我的家乡三台县,即古之梓州。杜甫和李商隐都在那里住过相当长一段时间;杜甫的《闻官军收河南河北》和李商隐的《夜雨寄北》即在那里写的。……

(一九八五、九月二十)

就这样，L 先生满打算和半世纪的好友一叙别情的，却不料海天永隔故人情。好的是他总算知道了他的好友邓禹平后半生的情况，也知道好友虽不存在了，但他的歌、他的诗已永留人间。

——原载一九八六年九月二日

《中华日报》副刊

# 忆故友文心

一九五六年左右的样子，正是一些台湾省籍的作家由日文“摆渡”到纯净的中文时期，因而他们的写作开始旺盛起来。这时我正主编《联合报》副刊，他们的作品大量涌进这小小九栏的园地来，使我这主编者在副刊形象上更进一步，每天都有充满了乡土色彩的好作品刊登出来。可以说，“联合副刊”的面目所以不同于其他，正是他们所给予我主编副刊的光彩。这些位作家里面，也包括了吾友文心。

这以后在一九五八年五月，以“思想、生活、艺术”为目标的《文星》杂志出刊了，我担任极少篇幅的文艺编者，在一九五九年十二月号那期，我写了一篇《台籍作家的写作生活》，把那时已经活跃于文坛的台籍作家，举出钟理和、施翠峰、许炳成（文心）、廖清秀、陈

火泉(耿沛)、何明亮、郑清茂、林文月、郑清文、李荣春来,略写他们的写作生活,在文心的这一篇,我是这样写的:

文心(许炳成)先生的小说和散文,近年来很受读者的喜爱和文坛的注目与推崇。但是读者如果知道他写作的经过,就不禁要为世间不可预料的事而叹息。

他的父亲开着一家印刷厂,他放学后常常帮忙检字,因而文字给了他一种亲切感,但是他的家人却反对他从事写作!他学的是森林(他是嘉义高级农校森林科毕业的),毕业后没有到山林里去拓荒,却坐在合作金库的第一线柜台边磨桌子!冥冥之中似也有个定数,当他在农校毕业后应当上山时,偏偏他病足不良于行,几乎成了残废,在和病魔挣扎的几年中,给了他学习写作的好机会。他的家人虽反对他绞脑汁,苦苦的从日文那边大翻身,但是他偷偷的更名改姓,起了个"高文峰"的笔名向报刊投稿。等到他的脚好了,人站起来,写作的能力也增进了。

光复的当时,他是嘉农初级部的学生,次年才考进高农,虽在校接受三年祖国语文教育,毕业时并不能写通顺的国文,还是靠毕业后的苦修。他的写作虽然最初也是经过"日文到中文"的过程,但是他很早就摆脱了那种桎梏。他的作品文意之美，我认为和他这时期不作翻译日文工作也很有关系，因为他能专心一致从事自己的创作，而不受日文作品的影响，他已经有他自己的风格了。

这是我在三十年前所写的文心，三十年后重读此文，看到“世间不可预料的事而叹息”的句子时，想到文心在有为之年，打算重拾文笔回到小说的写作时，竟突然在本年（一九八七）的二月十三日离开人间，这不也是“世间不可预料的事”吗？文心一向健康活跃，据说从不知自己的身体有什么不好，在办公室里倒下来送到医院，清醒过来，情形也不错，谁知不到一天，还是撒手人寰了！

其实文心和我的文友关系，有三十年以上，并非从“联合副刊”才开始，而是在那以前我主编《国语日报》“周末”时，这个文艺的周刊大约在一九五一年左右，文心就常以“高文峰”的笔名投稿，那时他还在家乡嘉义，写的都是散文小品，后来北上到新竹工作，所写风城小品，文意之美，文字之纯，是令人非常欣赏的。我编“联副”时，他就渐渐在小说上下功夫了，他的重要作品中篇小说《千岁桧》就是于一九六〇年十一月廿九日起在“联副”连载。在《文星》我写他的生活时，同期也发表了他的短篇小说《土地公的石像》，一九六七年一月我创办《纯文学》月刊，他的短篇小说《兽槛》发表在创刊号上。总之，我很得意于这些朋友的重要创作，差不多都是经我

“先睹为快”而发表出来。

文心的作品，虽然多属乡土色彩，但是经他刻意经营，不但文字运用得当，描写刻画无论人物、景物、对话、感情，都在在令人读了动心。有一首给儿童看的童诗，就是描写他自己对写作执着的忘我情形：

**高叔叔**（他的笔名是“高文峰”）

瘦高高的身材，

载着一个大脑袋，

常和文心聚会的文友，由右至左：
前排：李南衡、庄永明、郑清文、文心。
后排：王荣文、林海音、心岱、夏祖丽、季季、赵天仪。

干么高叔叔，

老坐在案头发呆？

一手握笔管，一手支腮，

半天写个一行诗算不坏。

干么高叔叔，

偏偏压歪了脑袋？

不怕地震不怕灾，

又不怕天塌下来。

干么高叔叔，

只怕那个房东老太太？

一把灰往鼻子摔，

也得拭一拭站起来，

高瘦的高叔叔，

还是活得很愉快！

小诗的诙谐童趣，说明他写作的品味和能力。

在他渐渐北上终于在台北站住了脚时，不但在合作金库的职位节节高升，也于一九六〇年和美而贤能写汉诗的庄四美小姐结婚。但是他的写作却改变了方向，这多年来他热心于台视的闽南语电视剧写作。这虽然也是一种写作的尝试，但他似乎为这一尝试工作太久了！文友如郑清文、陈火泉、廖清秀等都劝他回到写小说的本位来，他也颇有此意。日前我也听"华副"主编蔡文甫先生说，有一天他在某场合和文心邻座，文心也对他表示要回到写小说了。而且听说他很有兴趣于吴三连百万小说征文奖上，并且已经有了初步构图了。此奖三次从缺，以文心的年龄、经历、文笔，该是很合适于此一写作的，我们也愿见其成。没想到他原要重拾的一切，反而永远失去了！

文心北来这些年，我们时通消息，偶尔和清文三人餐聚晤谈，非常畅快，但这种机会实在不多，就是因为文心工作太忙，常常邀约赶上他出差离开台北，虽说数日的小离开，却也影响下次邀约的不易。年前曾和清文谈起说，我们又该聚聚了，没想到这次文心竟来个"大离开"，扔下了一切——家人、文友、写作。

最后我要再录一段小文，以为本文的结束，那就是十七年前的一九七〇年五月号的《纯文学》月刊上，文心最亲密的伴侣庄四美，在"纯文学作家"专栏上，写下了一篇最好的文心写作生活的写照。

我的"作家先生"

庄四美

我的"作家先生"有三大"小疵"，爱趴在床上写作、爱做家事、爱管太太。别看他外表温和，"老爷脾气"一发，却像

“雷公”。

他的个性有柔的一面，也有刚的一面；有时很开明，有时很固执；有时沉默寡言，有时口若悬河，滔滔不绝。所以在亲友中，有人说他有“口才”，也有人说他是“木讷”。他常常与他构想的人物打成一片，写的是激烈慷慨的情节，他的心就像藏了一把烈火，一触即发；写的是缠绵悱恻的故事，他就像一个温柔体贴的“情郎”。这也是“作家先生”的一绝。

他不喝酒，也不抽烟，平常一碟花生放在写字台边，他就一面捡着吃，一面“爬格子”，只有稿逼得紧，不得不催生灵感时，他才抽一两枝烟。吃东西，他最不讲究，喜欢吃“臭豆腐”、“花生汤”和“生鱼片”。

结婚刚满十周年，我们家已经添了四只“丑小鸭”，前三个是“千金”，老幺是“二十万两的少爷”（意思是得来不易），一家六口子，生活倒也过得乐融融的。

——原载一九八七年三月十九日

《中华日报》副刊

# 邱七七和高堂老母

今年春节正月初一，多位女作家不约而同地到邱七七(妇女写作协会总干事)家去拜年。其实主要是给她的八十六岁老母邱沈迪华女士拜年。邱七七侍奉婆婆和母亲，其孝心是有名的。邱老太太是于一九八四年一月由大陆接出来台，已经三年了。初来时七七的婆婆葛老太太还在世，两亲家住在楼下，又有儿孙围绕，颇不寂寞。邱七七晨昏定省，都是亲自下厨为二老做不同口味的饮食。葛老太太前年以九十一高龄过世。

话说初一拜年这天，大家起哄跟邱伯母打小牌凑热闹，老太太高兴之余，每人发了一个红包做赌本儿，皆大欢喜，使人觉得在今日的生活中，因为有老人的关系，就有旧日过年温馨和谐的气象，实在是难得的。

邱七七做事麻利快，她在写作、家事之余，把苦哈哈的妇女写作协会调理得热热闹闹，脾气又好，是文友们所敬佩并乐于交往的。但在此我更愿意多介绍邱老太太给读者。她虽快九十岁了，但一点儿也没有老迈的样子，每天都是一身整洁，喜欢安安静静地读书画画儿，过着读书人的生活。她来台随身带着一部未完成的自传著述，这两三年几经修改，终于完成了这十五万字的著作。邱七七于一九八五年得中山文艺奖，便用这笔奖金为母亲出版这本题名为《一江春水》的作品。大地出版社的姚宜瑛女士，也有一位从大陆接出来奉养的老母，她们对母亲的心意相同，所以乐于助邱七七给老母出书，这样便由大地出版社协助出版了。

书名有副题为："八十年悲欢岁月"。作者虽谦称是"一生经历之流水账"，但她八十多年的岁月却经历了中国的辛亥革命、第一次世界大战、九一八事件、七七抗战等大事，这些时代的背景，有得可写，而她和丈夫邱致泽先生一生的幸福或艰难岁月，更是她不能忘怀的。这本原稿初成，我有幸先睹为快，看到感动、有趣处，我都会和七七通电话，说出我的感觉。我有时对七七说："你母亲小时候也很调皮哪！""你母亲在那年月可真是维新的女性呢！"她写此书专凭记忆，并无参考资料，出现的人物就有百来人，是可惊的记忆哪！而且她这本书的封面，虽是梁丹丰女士主稿，她却也在左边画了一小幅她记忆中的楼房,使得这封面颇具女性细致的情趣。

——原载一九八七年四月三日

《中华日报》家庭版

# 秦氏千载史

——略记秦少游三十四代孙秦家骢的新著

读五月二十三日出版的美国《时代》周刊，看到美国著名华裔记者秦家骢(Frank Ching)的英文新著《一个中国家庭九百年来的生活》(*900 Years in the Life of Chinese Family*)终于由纽约威廉·莫柔公司(William Morrow)出版了。《时代》以全页介绍此书及作者，使我读后非常欣慰感动。家骢是我国北宋词人文学家秦观(字少游，1049—1100)的第三十四代孙，本书所写即自秦少游起九百年来的秦氏家族生活史。

为了写这本书，家骢五年前即辞去了他的新闻记者工作(他最后是主持美国《华尔街日报》北京分社)，以便全力投入写书。此后他便马不停蹄地奔波于他的家乡无锡，当年他的父亲执业律师的上海，他在纽约的母亲秦昭华女士的口传，以及台湾有关的父执辈及秦姓族人等的访问。我和家骢沾亲带故，是属姻亲(他的舅舅是我的妹夫，我们十多年前和留在上海的三妹林燕珠联络上，即家骢之功)。家骢写此书搜集资料时，略有进展，便在我去港或他来台时，高兴地跟我谈述，我也听得津津有味。

我在台湾人头儿较熟，家骢来了，有时向我打听要找什么人、什么机构，我也都尽力帮他寻找联络。他的父亲秦联奎律师，是“制宪国大代表”，因此他几次来台，都到“国民大会”去找看有无关于他父亲的资料；又到“中央研究院”、“中央图书馆”去找秦氏祖先人物的史料。有趣的是他曾给我开了一列秦氏祖先的名字，我这时也正在收集我写作中题名为“竹茶炉的下落”的资料，记忆中我有一本《惠山听松庵竹炉志》，似乎书中有一些姓秦的作者，便找出来影印一册送给他，他翻阅之下喜出望外，原来书中秦氏作者，几乎全是他的祖先，他便就着此书将他已知的祖先一一讲给我听，如秦道然、秦湘业等，写序的秦敦世也正是他的曾祖父；而我要写的这个竹茶炉的故事，自十五世纪就和秦家有关。于是家骢偶然看见我要的有关资料，也影印给我；如他近年拍的照片中有乾隆在惠山寺题写有关竹炉、泉水及“天下第二泉”两碑刻等，这也丰富了我的小文。

家骢在香港长大，是他父母最小的儿子，父亲过世时他还小，又读英文学校，所以对于他的家世祖先，一直没有注意到，等到知道了以后，可就兴起寻根秦氏“家族树”的热狂了。他从十一世纪北宋的秦少游追踪起，而为决心写《一个中国家庭九百年来的生活》，不惜辞去高薪的新闻记者工作，这种精神真可佩服。家骢说他在香港度过的童年是很寂寞的，一直到他毕业于哥伦比亚大学从事新闻记者工作。是十年前他的堂姊送了他一本秦氏宗谱，作为他追踪的根据。

家骢写此书有自他以上的三十三代祖先的名字，秦家是中国很有名的大家族，这三十三代祖先人物，包括文学家、法官、地方官吏、朝廷大臣、跟恶人斗的英雄人物等，所以虽写家族，最重要还是旁及当时的社会生活、历史见证。无锡有一名胜花园名“寄畅园”，在惠山东麓，占地仅十五亩，它的前身是元朝的二僧房，明正德年间由秦家得之，大兴土木，着意修建，从此辟为秦家私人花园，更名为“寄畅园”，成为江南最好的园林之一，至今也有四百年了。这“寄畅园”曾历经沧桑，家骢也都详细地考查写出。还有他的祖先秦道然不见容于皇室，被系狱中多年，家人为了营救荡尽家产，便包括此园，好在后来平反，才又转好运。

这更是一本包含了艰辛和强烈感情的书，尤其是关于父子之情。家骢的父亲在四十四岁上才娶了他的十六岁的母亲，这婚姻使秦家长辈颇不以为然，新娘的祖父引用孔夫子的话说：“是可忍孰不可忍！”所以家骢对《时代》的记者说：“我从来没见过我的祖父母，也没见过我的叔婶或堂的表的兄弟姊妹们，我是在真空中长大的，因为我们这一家移居香港，这和一般传统中的中国大家庭是很不同的。”

为了寻根，他到无锡若干次，乡亲帮他找祖坟，在“文化大革命”时，怕红卫兵来摧毁，族人为了保存祖坟，便把石刻的墓碑用水泥封上，一直到家骢回家乡一一认出后，仔细把水泥敲去，才算恢复了原来面目；这也包括了秦少游的墓碑。

有一件事使家骢非常感动，那就是在寻找祖坟时，他见到了一位年轻的周姓农家女，周家是自一六一〇年代起便受雇于秦家做看坟人，直到“文化大革命”时才无法做下去。家骢在书中很感慨地写说，他对于中国社会的持久性感觉惊奇，一个忠实的农家竟能够十几代下去，看顾秦家的坟地，不管朝代的变迁，也不管什么革命、战争以及天然的灾害，一直继续照顾着，这不得不使他感动。

秦家骢在他祖先秦少游墓碑旁

这使我想到何凡有次告诉我，中国人对看坟的人家是敬重的，他们南京人都称之为“坟亲家”，正是这个道理。

家骢为了寻求父亲的资料，把上海《申报》从一九一二年元旦起逐日查到一九四九年停刊为止。这项工作，竟使这从小就跟父亲疏远的心态，变得那么接近了，他是多么盼望能见到他印象中的年老多病的父亲，并且告诉他老人家，他现在是多么了解父亲，这在他父亲生前是从未有过的现象。他又说：也希望父亲了解我，知道我在做什么。

他花了五年的时间写此书，真是备尝艰辛，心身紧张，连做梦都是这件事。他说：我有一次梦到跟父亲交谈，问父亲关于我祖父的事情。他最后认真地告诉记者说：

“对于祖先知道得越多，越使一个人对于身世有强烈要求了解的意欲；这样你才能知道你是这长长历史的一环——一个人物。”

对于这本书，我们虽乐观其成，但也颇希望她被译成中文，使多数的中国读者能读到，因为其价值和意义并不止于一个家族的，她也属于中国人的啊！

——原载一九八八年六月十一日

《中央日报》副刊

# 观《北京故事》随想

看完《北京故事》，最后王正方面目凝重地击鼓形象还没消失，电影院的出口门已经打开了，台上的拉幕也在渐渐合拢。我想领头拍巴掌表示欣赏，但是中国观众仿佛没这个习惯及礼貌，我也只好随着大家出场。

一路上想得很多，当然没有离开《北京故事》的画面以及声音。《北京故事》究竟是个什么样儿的故事？一个电脑专家跟鬼子老板闹翻了，拂袖而去，（有种！）索性带着妻、儿，回北京探亲去也，那儿有他多年不见的姊姊，当着高干的姊夫，和他们的独生女儿。故事由此展开了“北京也疯狂”的场面，如此而已；但这些场面让你大笑，也让你深思，集编剧、导演、演员于一身的王正方，看他的各种手法儿。

首先映进我眼帘及耳膜的画面及声音，就是大陆京韵大鼓老艺人小彩舞，她演《击鼓骂曹》，先击鼓一阵，然后开始了她的骂曹，“汉末诸侯乱纷争，群雄四起动刀兵，曹孟德位压群臣权势重，挟持天子把令行……”苍颜有劲，多么富有吸引力！可惜的是整段的骂曹，电影中只摘取了两节，那声音的滑润随着词句走进你的耳膜心胸，久久不能除去，正是所谓余音袅袅绕梁三日了。我第一次看《北京故事》是去年正方请人带给我的录影带，我与何凡二人在荧光幕前欣赏时，就在想这位京韵大鼓艺人是谁来着？这次我问正方，才知是当年鼎鼎大名的小彩舞，我又问说你怎么想起找她？他说他到大陆去拍戏时，就要求找一位地方曲的演员，以备剧中需要，人家马上说：“去找当年的小彩舞，是京韵大鼓的最后一人，已成绝响。”

小彩舞本名骆玉笙，现在算是天津曲艺协会的会长，但正方却是在天津一幢楼的地下室住处找到她的，她已近八十高龄，身体并不太好，倒是极愿意为这部片子效劳。《击鼓骂曹》全部共录了二十多分钟，剧中的需要连击鼓带唱词只摘取了数分钟，真希望正方有机会把它单独成一录影带发行，一则使欣赏小彩舞的观众及听众得以观赏到全部，一则也给中国最后一位地方曲京韵大鼓的名演员留下她的音和影。

正方说小彩舞曾向他打听，她的同行姊妹章翠凤在台湾的近况，正方告诉她，章翠凤已在台故去多年了。她听了不禁唏嘘（她们都是京韵大鼓之王刘宝全的徒弟)。正方又说他曾问小彩舞,可收了一些什么好徒弟吗?小彩舞不以为然地说:“唉!连说话还啐唾沫星儿哪!怎么学得好!”正方说小彩舞正正经经说出的这句京味儿幽默语,使他记忆深刻。

正方又问我:“您看,小彩舞长得像不像六十多岁时的我母亲?”说了想想,果然很像。

这部电影给我的感觉它并非外国片、国语片,而是京味儿十足的影片。连同去的晚辈,回来说到观片感想时也说:“他们说话真好听,用词儿也有趣,比如‘琢磨’是谁都懂的,但很少说,都用‘想想’‘研究’等,片中说‘琢磨’两个字好好听。还有女儿向母亲说刚学来的 Privacy 这英文字时,母亲问女儿是什么意思,女儿故摆姿态说无法翻译,母亲说:‘你别拿洋文儿朦我啦!’这个‘朦’字也用得很好嘛,又有力量。比用‘诈骗’妙多了。”

电影中还有一些话语,每听到都使我有久违重逢的惊喜。例如两次传来邻居妇人说:“别唱了,吓得我们小三儿都尿炕了!”现代家具并无炕,而是床,但是“尿炕”成了一个专有名词了,它就特别有思古幽情的味道。比赛乒乓球也是本片中许多场面的特色,劝比赛选手练球时,有一句说:“再不练球就让宝贝罗给端了。”端者,捧、举、拿的意思,用“端”字特有力量,也是一妙语。

摄影的技巧，演员的自然，都是本片的优点。如最后由上而下俯面拍摄的乒乓球比赛，整个的画面是球桌，球来球去，又清楚又紧张。片子前面集体练球的场面，也使人体会大陆乒乓球是这样练出来的。又片中的剪接，常常是跳动的，如小彩舞演骂曹时，一时又跳到男主角回忆的场面，回忆的场面先看着院中藤躺椅上一个老人拉琴，一时椅上又空无一人，这些不用字汇来表现的主角的心境，都以摄影的技巧、镜头的方向来点明，也是正方成为优秀导演的功力。

正方告诉我，电影中也算是一个重要角色的那位一生不得意苦哈哈的英文教师，是大陆演员，也是我们这里名演员韩苏的哥哥韩焱，他们已经四十年不见了，这次韩苏能在《北京故事》看见哥哥，演技也是那么好，应当感慨良多。

正方又说片中演员全是原音，并无代说话的替身，这《北京故事》是真的京味儿，绝非“矇”人了。韩苏的哥哥是会说英语的，也是本人自己发音。

我不懂电影，少说理论，以免“露怯”（京语也），还是写写我所熟识的王正方本人吧！

正方喜爱文学、戏剧，颇受他老爸的影响，母亲这一面也未尝没有一些。我们打从民国三十八年就是邻居，同住“国语推行委员会”的宿舍。那窄小的日式房子，一个房顶下，住了我们两家。有时安静的夜晚，隔壁正方父亲王蒂青先生和母亲曹端群女士一箫一笛合奏乐曲，白天有时会听到蒂青先生唱将起来，全是北方小调，无论梆子腔、坠子、大鼓、蹦蹦儿，他全有一手儿，也就是说他全喜欢吧！正方说，他很受父亲的影响，喜欢民俗小调，喜欢演戏，喜欢文学。但是正如他对观众所说：

“我一直想成为演员，但是生长在中国家庭里，你必须尊重他们的决定。”那就是父亲希望王正方学的是能“找到一个有稳定经济基础的工作”。这也是中国现代一般家庭父母的心态。为此，王正方确实是打小从最好的学校——北平女师附小——台北国语实小——建中——台大——留学，得了电机博士，在IBM工作，但他最后终于辞去了高位高薪人所向往的工作而投入电影行业了。

他们只有兄弟俩，他的哥哥王正中博士对他投入电影颇不以为然(这时他们的父母已先后故去了)，我前几年去美国时，正中担心地对我说，认为弟弟的电脑工作，或博士学位，等于是花费了整个教育年代——二三十年得来，如今“人到中年”却放弃了所学所专，去投入另一行业，不嫌太晚了吗？而且，如果搞了几年不成功，可回不了头喽，因为科学是日日进步的，回过头来接不上了，可怎么办？哥哥的担心不无道理，而且那时正方找经济合作的伙伴也不容易。我每次去美国都会看见他，那年就没得见着他。

我每次要去美国时，都会问端群女士说：“我要去美国了，会见到他们哥儿俩，有什么训词让我带去吗？”而王太太每次都会给我一叠东西，除了信件，最主要的是她给儿子写的条幅，因为端群女士是一位书法家，若干年远离两子，独居台北，就是以挥毫为解除寂寞老年，说来也很悲凉。

他自投入戏剧电影起，最初是一九八二年的《老陈失踪了》，八三年的《半边人》，这两部好像都是别人制作，他只是做演员，他说，即使他不是编剧、制作，但是属于他演的那段，他要自己编剧。他又认为中国电影在制作上，编剧的地位似嫌低，导演高。在《半边人》中他已崭露对电影这方面的种种才能，《北京故事》是一九八六年就拍好的，使他对编、导、演大放异彩，在海外，早就轰动了，我家人亲友在欧美看了，都叫绝不止。

他的父亲苇青先生去世的丧礼和他的母亲端群女士的九十大寿的寿庆，正方都因“不得其门”而入，未得回来参加，我们亲友都引以为憾。

现在他的父母地下有知，应当会安慰，哥哥也不必担心，这半路改行的老小子王正方，毕竟走出了一条自己的路！

——原载一九八八年七月三日

《中国时报》大地副刊

# 看《立报》·忆故人

看《立报》的出版，一下涌进我脑海中许多回忆。其实我并非当年在上海《立报》的一员，也从未给它写过任何文章，只是它多多少少给我一些联想和关联的事情。

吾师成舍我先生办上海《立报》，是他办的第五种报纸，前四种是北平《世界日报》，《世界晚报》，《世界画报》，南京《民生报》。办上海《立报》时，我已自北平新专毕业，进入《世界日报》担任采访工作。他从北平带了各部门的工作人员去，排印部门是由我新专同学十数人工作，我记得由同班樊宝贤同学领头。还有我的老师萨空了先生前去做经理，也兼管编辑部的副刊事宜，他这一去倒在南方立足成名了。因为在上海这个商业气息浓厚的社会，除了几种大报以外，小型报纸的内容多为消闲性质，副刊充满了风花雪月和娱乐综艺，《立报》也是小型报，但它却是属高级知识分子阅读的小报——它就是现在台湾《立报》决定的形态，四张四开的报，印刷清晰悦目，也可以说是讲究编排。上海《立报》最初出版，只有四开一张，后来增加到两张、三张、四张甚至五张，但是无论每天几张，关于报价只有一个口号："一块钱看四个月！"吾师的经营点子，也还是有一套的啊！

这是半个世纪的回忆了，上海《立报》出版后，在北平的《世界日报》报馆里也可以看到，记忆非常深刻的，就是梁白波女士的四幅一单元的漫画，以一个时髦女性做主角。非常欣赏她的画法的线条和灵巧幽默的笔调，而且她的漫画无论笔调和论调，都非常女性的，但却让不论男女读者都很喜爱。那一阵子梁白波是出了风头了。

抗战前夕（民国二十六年），梁白波和上海几位艺术界人士，如画《王先生与小陈》的叶浅予，南京中央电影厂的宗惟赓等人到北平来，我们认识了，那时我和何凡尚未结婚，何凡和宗惟赓是老朋友，梁白波他们就是由宗介绍给北平的朋友们的。我们在西山等地游玩，大家合照了许多照片，叶浅予也曾给我画了一幅水彩人像。七七事变起，他们匆匆离开北平，照片和画像，也在后来"文化大革命"时，被家人毁掉，至今是什么都不存在了。

没有想到在约一九五八年左右，我正主编《联合报》副刊时，连载小说开始配插图，文艺界的朋友魏希文先生给我介绍了一位朋友，说是梁白波，我真是惊喜万分，整整二十年前的新朋友，在台湾却是以“老朋友”见面了。此番相见，真有说不出的亲切，但是她的情绪并不是很好，独自北来生活，我们希望她重拾画笔，振作起来，便邀她画插图，但是她画了二三部小说的插图就难以为继了，艺术家的灵感，像作家一样，是勉强不来的。以后她仍在北部，做些陶瓷的艺术品，常常到我家来，跟我母亲也很谈得来，也喜欢我的孩子，她终于多病回到台南去，这一去我们就不再见，她在十年前病故了。她的妹妹后来写信告诉我，并且说也曾在她的墓前，替我献上鲜花。梁白波在我心目中始终是一个“今生的友人”，想起她我会很难过。（希望她的妹妹或儿子看见此文能跟我联络）

上海《立报》是结束于上海八一三炮战以后（八一三之役，是自民国二十六年八月十三日到十一月十三日，日军用强人的兵力猛攻上海，我军也出动飞机围攻日本战舰，战况很激烈，后来我方为顾全大局西迁重庆继续八年抗战。），就在这战火激烈时，有一件有关上海《立报》在印刷厂工作同学的事，值得记下一笔。白天同学们没事，胆子很大，便跑到外面去“参观”激烈的战况，晚上回报馆后向编辑部报告白日所见，结果使得《立报》比别家报纸有更多的战况实描，是我同学之功也。

新专的同学，除了樊宝贤，究竟还有些什么人前去上海，问成老师，他也记不起名字了，本来嘛，五十年以上啦！樊宝贤笔名樊放，是个有文艺气质的全能新闻工作人员，前几年日本的新专同学关容对我说，樊放带着大陆的京剧四队到日本表演，曾跟关容通过电话，没想到过了两年樊放竟因病在大陆去世了。

又有一位我的要好同学夏志娴，不久前从北京来信说，她听说九十高龄的老师，竟然兴致高昂地办他所理想的报，她很惭愧无所贡献给老师，也使她因此而回忆到五十多年前受教于新专的种种。按：志娴是我同学中最相知的，她人很老实，是属于被欺的那一型，无论是在学校，家庭或工作时，因她行二，有时也叫她傻二姊呢！她胜利后在上海《大公报》任记者，身体不好，早就退休在家抱孙子煮饭了，去年还动了胃的大手术。她写信来的同时，还寄了在校时的男女混合排球队照片一帧，这张照片也保存了五十年以上，那时不过是十五六岁高中生的年龄。这照片可算是海内孤本，我要好好保存，现在先借给《台湾立报》创刊作为纪念照。我们在校时体育老师是黄金鳌先生，来台后任台中师范专科学校校长及转任台南师专校长，也曾任世界新专的训导主任，多年前已退休。照片上后排最右一人就是他。四个女生由左至右是：林海音、关容、夏志娴。成师看了这张照片说，他不太记得照片上的男生名字，但他相信他们之中有些是在上海《立报》工作，以及跟他到抗战的后方去的同学。

北平新专排球队合影，女生排左第一人为海音，后排右第一人是教练黄金鳌先生，来台后曾任台中师专、台南师专校长。

写回忆不免有快乐加伤感的情怀，我正是如此，掷笔回首，窗外是台北的烈日和闷热，希望下午有一场哗哗的西北雨，以洗涤我胸怀中数十年的块垒！

——原载一九八八年七月七日

《台湾立报》副刊

# “野女孩”和“严肃先生”

约当一九五一年左右，有一天方豪神父带了一位他的学生来舍下。当时方神父在台大历史系教书，这位女学生就是历史系的学生。她是一位喜爱文艺的青年，方神父带她来也是为了这个，我那时尚未主编副刊，只是常向报章投稿略有小名罢了！此后这位喜爱文艺的大三女生就常常自己来。她经常的打扮是穿着牛仔裤白衬衫，骑一辆有横梁的男用自行车，上下车都是腿儿一伸，从后面跨上跨下的。个子不大，健康活泼，带点儿野气，所以我后来常玩笑叫她“野女孩”，她不反对。“野女孩”来到我家说说笑笑本是很自在的，但是如有何凡在，她就显得不太自然了，也许何凡在陌生的年轻人面前不苟言笑，使人望而生畏吧？“野女孩”一直在给我的信中称呼他“严肃先生”，直到有一次（一九五七年）她在国外读了何凡在文学杂志上发表的一篇散文《一根白发》，来信才说："……夏先生的文章《一根白发》写得又幽默又文雅，想不到夏先生一脸严肃，却是幽默无穷，我要把给他的外号改一下了！一笑。"其实她并没有真的给严肃先生改外号，反而在她结婚后来信管她的丈夫也叫做"我那严肃先生"了。

说了半天，这"野女孩"是谁？於梨华是也。她和我从一九五一年交往至今，近四十年，从她的成长、成年、成熟、成名，乃至成了祖母级，时间拉得这么长，距离分得这么远，中间还游丝般若有若无的断了线，但心境却彼此深知。於梨华实在是我今生交的不平常的文友之一。

一九五三年九月里，於梨华台大毕业要留学了，我这时正怀着小女儿祖葳，大腹便便地去给她送行，到她家我没有进去，只坐在玄关格子门边的木阶层上跟她谈知心话。自认识她以来，除了对于文艺上的诸般——阅读、意见、喜爱等等交换意见外，其他家庭情况、生活琐碎也都是谈话的题目。她要走了，当然谈得更多，这时她的母亲出来，看见了吓一跳，责怪女儿为什么不请大肚子的我上来坐。

那年头儿留学生大多是坐船，梨华也一样，将近两周，船才走到夏威夷，她忍不住上岸寄了一张明信片给我，画面是Waikiki岸边的独木舟，这是一九五三年十月二日的事。她出国后的第一封信，我还保存着，三十五年了，梨华会觉得很意外吧？一小方块的信上，密密麻麻、疙里疙瘩地写下了她的海上观感：

……船上生活已将两周，终日凝望那片永不休止的海水未感厌倦，它的颜色日夜不同，在晚上，星光下虽觉更庞大可怕，但也更动人，我真恨自己笨拙的笔，写不出对它的喜爱来，我常常在想念你，到了火奴鲁鲁还买了这张画片，我很爱那一股静的美，不知你喜欢不？这两天试着写一篇“海上行程”，总觉言不尽意，写完了寄给你，如可用请转给武小姐(海音注：指当时《中妇》主编武月卿)——她答应过的——你不要偷懒，给我写信好不好？我对你的信是看得比那些男孩子写给我的还重要的。愿抵美不久就请到你的长长的信……

我是拿着放大镜把它抄录下来的，所以这样不厌其烦，全文照录，一则是证明我数十年保存信件、不下于她自十五岁就写日记的习惯。再则也是说明梨华虽是出去留学，却满心还是在写作上，由此小方块的来信，可以看出她的文艺气息。在此以前，她只写了少数小文散登各处，名气也不大，但自此后数年，她便年年月月达到她写作的目的，而且大放光彩！在她读书、写作、结婚、育儿，无不在信中向“海音姊姊”唠叨一番。

梨华是一九五三年去台的，一直到十二年后的一九六五年，我受邀到美国访问，我俩才又见面，她已是三个孩子的母亲了。那时她家住在芝加哥附近西北大学的所在地艾文斯顿镇。记得我自波士顿直飞芝加哥，一出机场听见一声亲切、熟悉、娇美的上海口音"海音姊姊"！原来梨华亲自到机场来接我，她搂着我，好高兴！

虽是三个孩子的母亲，气质仍未变，我从美国回来写了一本《作客美国》，是这样形容她的：

……在美国做了妈妈多半是不能再工作了，但是梨华却正好在家从事写作，所以在美国一住十二年，别人都会中文退步，她却勤于写作，作品一篇比一篇精彩。对于一个有三个孩子的美国主妇，写作也不是每个人都能做到的呢！她接我到她家住了一天，我见她书房里两张书桌上摆着两份稿纸，不同页数，问她是怎么回事，她说一是翻译稿，一是创作长篇小说，两样工作同时进行，真是了不起。梨华实在是一个写作最勤的女作家，她年轻精力足，家事一把抓，有时一天开车接送孩子就要五六趟，真是有活力的女性……

以上是我二十年多年前写的她，那也是她最旺盛的年代。我自美返台后，于一九六七年创办《纯文学》月刊，梨华和已故的女作

“野女孩”於梨华一九六八年在美国奥尼伯

家吉铮，在海外不但把最佳作品交《纯文学》刊登，同时也为我在海外拉订户，代我请不认识的作家写稿，使这本杂志一开始就丰富得很，梨华是功不可没的文友之一。吉铮写了长篇《海那边》，梨华则有几个精彩短篇。

这一次是於梨华给我写信说，她将要出一本《於梨华自选集》（短篇小说），要我为这书写点儿什么，她说这本书选的是跨越二十年的她的重要作品短篇小说，都是在台湾发表的，而且有几篇是在《纯文学》月刊上刊登的（《友谊》、《柳家庄上》），她的作品跨二十年，而我们的交情跨近四十年，我似乎没有理由拒绝她，但是我这几年写的东西多是回忆之作，写时无非藉信件、照片搜寻些资料，文章总是拉拉杂杂、婆婆妈妈的，倒不如我的女儿夏祖丽访问她时，写得更有意义。

梨华到美国以后的信中（一九五七年）曾问起过："……小妹妹们都长大了吧？那个长睫毛的想必出落得很漂亮了？……"这长睫毛的女孩，就是夏祖丽，梨华出国的时候祖丽六岁，写这封信问起的时候，祖丽十岁，但是等梨华一九七一年回台湾时，祖丽已经大学毕业，担任《台北妇女》杂志的编采记者了。

祖丽为妇女杂志访问了十六位女作家，后成单行本书名《她们的世界》。祖丽是个用心的记者，她认真深入研读作家的作品后才做访问，因此她的笔下确实能访问而写出作家的心境、思想来，我现在就把她写的於梨华的访问记摘出一些能代表梨华写作、思想和观念的，使读者对於梨华有更深切的认识；也可算是我们"娘儿俩"对她的共同认识和了解吧！

● 去台近二十年，於梨华从一个女学生变成三个孩子的母亲。异国的生活把她磨练得更能干、更坚强有活力，但仍不失那份热情和敏感。

● 於梨华的文章对于人性的描写很透彻，对人生也有很尖锐的观察。但总让人觉得她是比较偏向人生黑暗一面的，她的许多作品看后会让人心情很沉重。

● 在她的小说里，也有许多婚姻上的矛盾、爱情上的冲突，和许多无法结合的恋情的悲剧。她对于婚姻的看法是认为：她不赞成婚姻制度，但是认为没有更好的办法前，唯有婚姻才可以保持男女双方的平衡。

● 於梨华就是这么一个坦白的女人。她曾说过，她不论做事、说话或写作都是凭感觉，她的人和她的作品都给人真的感觉，这也是她能深深吸引读者的原因之一。

● 她是一个热情、敏感、有冲劲、有活力的女子，在她的作品中或多或少可以看出她自己的影子。

● 谈到人生时，她说：“我觉得人生是一个悲剧。即使有喜剧，也只是悲剧的另一面。但人是不会放弃扭转这个悲剧的命运的。也许是这样，人才会有进步。”

——原载一九八八年七月十六日

《台湾立报》副刊

# 雷震亮相及其他

本月(八月)九日见《立报》第一页正中一张彩色照片,新闻的题目是《雷震遗孀连遭无情打击宋英病倒卧榻心愿未了》,文和图都令人怵目惊心,卧倒病榻的照片,正是宋英女士,使我阅后十分不忍。看这张图片我最先的回忆是数年前苏雪林教授的八十岁生日,她北上接受文艺界为她办的寿庆,在文艺协会举行。那天去的文艺界人士很多;老的、少的都围绕着苏先生,她乐呵呵地接受大家的祝贺。

我坐在会场一角,正和文友谈话,抬眼忽见对面坐的一位女士,心想这位女士倒很像雷太太宋英呢,可是比宋英年轻,因为气色、精神都很好,但是再看看,她应当就是宋英哟!便走过去打断她跟人的谈话,说:"您是雷太太吧!我是林海音。"并且告诉她,我刚才对她的观感，她听了高兴地笑了。我们谈一些往事和近况，她仍是那么和蔼可亲。

再早一些的回忆，则是一九七二年，雷震先生出狱不久，一天我忽然接到他的一封来信，信上说：

**海音夫人：**

内子宋英今天看报，有您主持之新年平剧演唱，都是有名的女作家或闻人，阅报可看的已售尽，想请您给留两张票，以饱眼福，当然是出钱买的，如何请示知以电话亦可，专托此请撰安

**雷震上**　61、2、10

其实这场平剧的演出，并非我主持，而是崇她社台北第二社为筹募基金所办的，戏码是《四郎探母》，主角是孟瑶、朱秀荣及社员们。我是二社的社员，大概那次担任宣传工作，所以名字上了报。我接到信后，马上跟孟瑶通电话说："雷震来信要看你的戏，叫我替他买两张票。"孟瑶说："那怎么可以！"立刻送了两张票请雷震夫妇。

高大秃头的雷先生，坐在第三排中间，非常显眼，全场看到并且认出的人，都很惊奇怀疑地说："那不是雷震吗？"这是雷震入狱十年出来后第一次在公共场所亮相。

雷震办《自由中国》半月刊，文艺版的编辑是聂华苓。记得雷先生说话前必先摸一摸自己的光葫芦头（光头的人似乎多有此习惯）。

且说孟瑶票戏后的不久，又接到雷先生来信：

**海音夫人：**

前次观看孟瑶票演，承　您帮忙找票，得以饱享眼福，至感至感。今晨内子看到联合报载顾正秋又出演，且为最后一次，即想找票子，但不得其门而入，经打电话至金山农场，竟无人接电话。电话簿上的任显群，则不得要领，于是接通您的电话，亦无人接，张明电话，说她高雄去了。忙了半天，一无结果，现在只有恳求您为我找两张票，五六七八九排中间的票子，票价多少，当即送奉，一再麻烦，情非得已，函希亮察。……

**雷震和内子同上**　61、5、18

他并在信尾又很感慨地加了两句：

联合报载二十四日演，中国时报说二十八日演，详情您大概知道些，坐牢十年，与世隔绝，连路都不认识。

当然，收到这封信后，我又转告顾正秋，雷、顾是午餐会的老朋友，小秋当然也是送了票子。

谈起午餐会，其早期基本成员是：雷震、徐钟珮、张明、陆寒波、顾正秋、赵景、陈香梅等位，他们每次聚餐，都会邀请一两位朋友。那时黄少谷、张道藩、赵君豪等先生，也都常常受邀作客。如今这个午餐会虽未风流云散，却人事皆非了。

我因为看了宋英病倒卧榻的照片，翻出了雷先生的信和照片，不禁写了这篇无关政治的小文，但是对于雷先生数百万字的回忆录被烧毁一事，却还是惋惜的，我一直注意报上有关的新闻和评论，有一天，我也不禁对何凡说，这回忆录会不会烧了一份，哪里还另藏着一份呢？这不过瞎猜猜罢了。

前一阵和潘人木闲谈，她说当年她曾应聂华苓之邀，写一部长篇小说，跟她以前所写以二三十年代为背景的《莲漪表妹》或《马兰的故事》大不同，它是以光复后台湾为背景，颇具时代的意义，但稿成正待修订，却遇上《自由中国》停刊，她的这部巨著也就藏之箱箧二十多年了。

——原载一九八八年八月廿六日

《台湾立报》副刊

# 演艺生涯半世纪的白杨

——望七之年扮演宋庆龄

九月中，我的三妹林燕珠从上海给我转寄来厚厚的一个小包裹，拆阅之下，非常高兴，原来是两封信和六张照片。一封是白杨的短笺，一封是燕珠的较长之信，六张照片则都是白杨的近照和剧照。一边欣赏，一边回忆，这一回忆就得从半个世纪前数起喽！

先照录两封信如下：

**海音：**

多年不见，真想念你。

你送我的近作，今天燕珠带给我了。真想"一口吞进"，稍有空隙，一定细读。

多么盼望很快能见面，等候这一天。

**白　杨**　八月二十四日附照片六张

**大姊：**

约了几次白杨，终于在八月二十四日在她家见了面。她多年不拍电影，但她说从来也没闲过；不是出国访问，就是参加一些社会活动。她又说喜欢交四面八方的朋友，在这些交往中可得到最新讯息，从而得到鼓舞、力量和信心。即使在家也挺忙，客人来访，写点文章，近年还出版了新书《落入满天霞》，可惜她没有送给我。她说有时间还要写回忆录呢！

除了参加活动外，她最喜欢读书、写文章、看杂志。她认为做一名演员，必须知识面广，才能胜任所担任的角色，可惜她的时间太少，忙不过来，幸好她的丈夫蒋先生（蒋君超导演，现已离休）帮助她把新书、报刊、杂志等先看个大概，然后有选择性地交给她看。

白杨最近最重要的事则是忙于拍摄一部电视连续剧，题名《洒向人间都是爱》，她在剧中主演孙中山逝世后到国共第二次合作开始期间的宋庆龄形象。这个剧由岑花和白杨共同创作，岑花任导演，黄绍芬任摄影指导。因为要演这部剧，所以需访问当年的知情人，以便积累一些宝贵资料。

谈了两个多钟头，九点多啦！白杨还没吃饭呢！最后白杨送给大姊六张照片及一封短函，你们看白杨还挺苗条呢！

**燕　珠**　八八年九月三日

看前面燕珠信中和白杨畅谈整晚，可知白杨颇健谈，也许见到老同学的妹妹了，所以有几十年的话题。

说起白杨的近况，她以望七之年，又在已多年不拍电影的情况下，竟复出主演一部大陆近日认为极重要、也是大制作的影剧，白杨扮演年轻时代的宋庆龄，而且这部电视连续剧的宋庆龄的影像，年龄是从“国父”孙中山先生逝世（民国十四年）后开始演起，那是六十多年前的时代了。请看所附照片，乍看之下，竟没有认出那是白杨，不但年轻，而且极像宋庆龄。我在许多史料中看过一些宋庆龄年轻时的照片，她在宋氏三姊妹中，也许是最漂亮的一位，态度高雅、风姿绰约。白杨的化妆术，可谓高明之至，但是实在白杨本人也仍然是当年的白杨，怪不得吾妹在信中最后还来一句：“你们看白杨还挺苗条呢！”这是跟我这臃肿矮胖的大姊比较之下而有“瞧瞧人家”的言外之意吧！

其实我在数年前已知白杨有意于把宋庆龄的故事搬上银幕。一九八三年，大陆以我的著作《城南旧事》拍摄同名电影，送菲律宾第二届国际电影展参赛，得了大奖，使他们兴奋不已。我的亲友从

大陆电视剧《洒向人间都是爱》剧照：小詹姆的父母因支持中国革命而被捕，宋庆龄（白杨饰）收养了他。

大陆、从海外陆续寄来许多有关的报刊杂志资料给我看，我就在一篇《和台湾同行一道拍片子》的文章中，读到一位本省籍在上海的记者访问她说，听说外界流传白杨正在投入一部重大题材的电影创作，她起先微笑不答，再三追问下，她才透露说，她将在一部就要完成的关于宋庆龄的电影剧本中担任主角，她认为宋庆龄曾协助孙中山先生推行三民主义，国共合作中，她也起了很大作用。她认为选择这个题材，意义是很重大的。但是当初谈的是电影制作，现在消息传来，却是电视连续剧了。这张她扮演宋庆龄的照片，背后也写着："正在拍摄《洒向人间都是爱》——宋庆龄的故事剧照。可见得五年前的初议是电影，最后改为连续剧，可能是连续剧可以包装得更丰富、更细腻吧！

我在北平宣武门外的春明女中读初二时，低一级的初一新生里，来了一个惹人注目的新同学，叫杨君莉，她圆圆的脸庞，白皙的皮肤，明眸皓齿，笑容甜美。在有一次同学会中她表演《桃花江》，连歌带舞，记得最后她手捧一束花，舞姿是蹲下来，用手抚着那捧花，姿势美极，使我这高她一班的学姊至今记忆犹新。

那时北方的学生，极盛行演"话剧"，无论大学生、中学生，不但在学校的纪念节庆演，也有几个学校的学生合演较大型的话剧。我们也有时被邀到别的学校去看话剧，记得那时常被选演出的剧本有《一片爱国心》、《哑妻》、《父归》等，除了创作的，也有日本或西洋的中译剧本。

记得有一次，北平市一个学生话剧运动的组织开会，杨君莉和我被本校派为代表去参加。我们约好届时去找她一道去。我家住在南柳巷，她和她姊姊租住在宣武门外，走一条西草厂出西口就是宣外大街她的住所了。开会回来后，她又送了我两张小照片，这是我俩同学又同好的订交开始。可惜的是，她只在春明读了大约一年吧，就离开了。这个杨君莉，不久以后，就成了出名的白杨，我则成了她的观众。

我呢，在初三的时候，受北平国立艺专戏剧系同学的邀约，参加他们大型舞台剧《茶花女》的演出，我在剧中轧个茶花女的贴身女佣——那宁娜一角。除了艺专同学外，其他演员也大多是各校同学，最小的就是我这初中女生了。

导演是戏剧家余上沅先生，每周几次，晚上到余家排演。记得寒冷的冬夜，我由城南坐洋车到城北的余家，外面虽然寒冷，作为排演的客厅，却是因人众热闹，温暖如春呢！这样的演戏生活，是很有趣的。那次的演出是在协和医院大礼堂，这是北平最讲究的演奏场所（我于八年后结婚也是在这大礼堂），一连演了三天，是那时期一次著名和成功的演出。这次演出是由北平小剧院主持。所谓小剧院，是源自法国百年前著名演员安朱·安东尼所发起的一种以研究舞台艺术为目的的小剧场运动，一批年轻的剧作家，在巴黎"自由剧场"上演他们自己的著作或采外国作品，但以优秀作品为要点，这运动后来在欧洲各国相继跟进，很为盛行。余上沅、熊佛西等我国热心戏剧活动的剧作家，也受了影响，就由他们组成小剧院。我既然参与了《茶花女》的演出，就也算是小剧院的一个成员了。《茶花女》演出成功后，小剧院有一次集会，到了很多文学戏剧界的人士，白杨也是小剧院的演员，当然也去了。

但此后，我却很少和白杨相往，因为我们虽然爱好戏剧，但我后来过的是记者生涯，她可是越来越有名了，她在唐槐秋父女的中国旅行剧团演过很多戏，我从此做了她的忠实的观众，她的演技、她的美丽、她的舞台语言，很是迷人，所以你看她的近照，一直到今天，都是那么漂亮。

几十年的隔离，再看见她的影像，是在大审"四人帮"的时候。电视里先放映的是一个狰狞面孔的恶婆子江青，在拍摄旁听席上许多被迫害的人里，就有一个是白杨，使我不禁感慨。

白杨演过许多著名的电影，如《十字街头》、《一江春水向东流》、《八千里路云和月》、《小丈夫》……我看《小丈夫》还是来台湾以后的事，记得该片的制作人是李祖永，后因负债，所以本来不能在台上演的片子，也就因为支持李祖永而和另一描写香港缉私的片子一同上演，我在明星戏院看的。白杨饰演童养媳，有一段白杨早起给六岁的小丈夫穿衣服，白杨站在地上，小丈夫站在炕上，穿衣服时小丈夫还发脾气，白杨满脸无奈，自言自语地叹息说："怎么得了啊！"我记忆至今，犹清晰如新，有三十年以上了！白杨实在是一个真正的"演员"。

在五年前的五月吧，那年大陆电影界在福州举行他们的"金鸡奖"颁奖典礼，那时白杨是"中国电影家协会"的副主席，会后他们向隔海的台湾电影戏剧界老友播音，这也许是有意的吧，事后有听见的友人向我说："嗨，那边的电影界向你喊话——搞统战呢！"其实这年头儿也别再提什么统战不统战了！倒是在我收到的资料中，却有他们那次在福州的"喊话"记录，白杨大致说，一来到福州，就想到了台湾同胞，也许福州和台湾只有一水之隔，很容易引起思念，她是多么盼望有一天和台湾同胞团聚，到美丽宝岛去拍电影。她又说在台湾，有她熟悉的电影同行，也有小时候的同学……这"小时候的同学"应当是指我吧，因为在另一篇访问稿里提到《城南旧事》电影得奖，她就曾说："林海音是我中学时代的同学，我们同在北京宣武门外春明女中读过书。那时她叫林含英，脸长长的，我们不知道她是台湾人，以为她是福建人。几十年了，现在印象还挺深。"

日前“人间副刊”资料主编应凤凰问我说，她要和秦贤次等数人到上海去参加“中华文学史料研讨会”，问我有什么事没有，正好，我就在匆忙中拣出了十二张照片及几本我的作品和一封信托她带给白杨。凤凰高兴极了，她说：“我一定要亲自送给她并且访问她。”我妹妹约了几次才约到白杨，凤凰这次去，是否能顺利访问到白杨本人，就要看她的运气了。

——原载一九八八年十月二十七日

《中国时报》人间副刊

# 一别半世纪

——吾师金秉英女士的来信

今年的一月十七日，接到一封来自江苏镇江的信，初以为是我们在镇江的侄子写来的，再一看封皮却写的是姓金，打开来赶快看信后署名，竟是吾师金秉英女士的清秀字体，赶快读下去：

**含英同学妹：**

七七事变那年，曾在北京相见，一别已是半个多世纪。前几年读到《城南旧事》，作者林海音，我便知道是你，以后在报纸杂志上，不断见到关于你的消息，每欲通音讯，苦于不知寄往何处。今冬来京，见到万梅子先生，叙旧中，谈起夏承楹先生现在台湾国语日报，试投寄一函，我想你可能还记得，这个当年的国文教师。

我教了一辈子书，已经退休多年，定居江苏省镇江市。镇江是江南水乡，水环山，山抱寺，城外有长江滔滔不绝的流过，市内又有古运河绿水汩汩的横穿。而镇江素有三山、五岭、八大寺之称，五岭、八大寺，今已成陈迹，只三山还在，即金山、焦山、北固山。金山寺古刹，以白娘娘与法海斗法——水漫金山寺著称。焦山又名浮玉，如玉浮在水上，可知山在江中，也是千年古寺，以苏东坡与佛印和尚唱酬及碑亭著称，碑亭内藏有石碑多种，王羲之的瘗鹤铭仍在。北固山临江矗立，留有刘备东吴招亲的遗迹。此外郊区南山有昭明太子的读书台……市内还有沈括故居，城市虽小，古迹颇多。

但是，人年老了，总不免有思乡念旧之情，因而，对往昔中山公园的芍药丁香，太庙的翠柏鹤影，北海的长廊碧波，更使我神往。所以这几年我又动笔写起小说来，我曾以二十年代初期，旧北京为画面，写了《京华女儿行》，之后，又写了《燕子天涯》，现正将写第三本小说《月落乌啼》。我写小说的目的，只是想留下一点我知道的历史而已。我虽已至耄耋之年，身体还好，知关锦注，书以奉闻。顺颂年祺　承楹先生代为问候。

**金秉英**　八八年十二月二十八日

读毕这封信后，眼前浮起了个子高挑身材丰腴的秉英老师的形象，我一点儿也没忘记她，她是我在北平新专的国文老师，毕业于女师大，她讲课的时候，认真而严格，讲解有关古典作者的背景、身世，侃侃而谈，学生都很认真而兴趣浓厚地听，就像她在这封信中讲她所居住的镇江一样。秉英老师那时也在北平《世界日报》编“妇女界”版，她离开后便由李寿曼女士（即退休的故宫博物院副院长谭旦冏先生的夫人）接编，而我毕业后，做文教采访记者，后来也接编“妇女界”。

秉英老师对我这学生有好感，常在周末邀我到她家去吃饺子，她那时有两个小女儿，名字很特别，一个叫“萨苦茶”，一个叫“萨苦茶”，她们的父亲是萨空了先生，也在新专教我，后来听说这对在北平文艺界很出名的夫妻离婚了。我去了秉英老师家，大家包饺子，小姊儿俩很高兴来了我这喜欢小孩子的大姊姊。另外还有一位女作家沉樱女士也在同时带着一个小孩子来。

我收到这封信后，便向舍我老师报告，并且很快给她回信，我除了将别后我自己的情形向她报告，并且谈到当年《世界日报》在台湾的人员的情形，如谭旦冏先生是他们夫妇的好友，沉樱女士已于去年在美去世等告诉她。我也寄了两张照片给她，看看五十年后的我夫妇。我并且问她，她几十年来的情形又如何。没想到三月二日就接到她的一封长达八页的长信，可谓情文并茂，虽然她自

沉樱的好友、海音的老师金秉英

己说："……若说是一把辛酸泪，未为不可，但嫌这个调子太低沉，有点寒酸，不如说是从风风雨雨中闯了过来，还差强人意……"

这封信虽说是谈私人的事多，我仍愿把它发表出来，相信她有许多同学老友在台湾，可以读到，同时也是一个知识分子在中国的动乱时期的经历的典型吧！

**含英学妹：**

人家告诉我，寄一封信到台湾，要半年才能见到回信。所以，这么快收到你的回信，有点大出意外，喜欢得我简直要手舞之足蹈之呢！

捧读来信，观看照片，再三。使我感慨万分，既欣喜老朋友成舍我先生、谭旦冏先生的健康长寿，也悲叹宗让女士、寿曼女士的仙逝，更使我羡慕的是你们的儿孙，尽有成就。

提起沉樱，我生平的好友，更使我感伤不已。七十年代初，曾在朱光潜（已故）先生的一次来信中，提到沉樱在台湾，没有地址，使我无法找她。之后，八三年我回北京，正当我买好车票要南返时，我三妹在电话中告诉我，听说沉樱要来北京。当时也没等待，匆匆地起程。也不知道她是否回到北京。现在想来十分后悔，如果她真的来了，倒是失去了一次和她相见的机会，这机会便永远失去了，缘悭一面。现在她死了，又无处寄我的哀思，我心里是很悲痛的。

若问我这半个世纪怎么生活过来的，倒也一言难尽。若说是一把辛酸泪，也未为不可，但嫌这调子太低沉，有点寒酸，不如说是从风风雨雨中闯了过来，还差强人意。

萨先生与我一九四二年在桂林离婚。（萨先生已于一九八八年九月在京逝世）我们是在一九四一年秋，从重庆去香港，不久遇到太平洋战争，当时家住九龙，为了安全，一家人仓促逃到香港，战后九龙家中衣物，被女仆席卷而去。我们本无恒产，又无积蓄，只外面好看。所以一九四二年在桂林离婚时，我手中无钱，又无工作，以后在乡下一个中学找到教员的工作，那时我带着一女一儿，工资收入，不足以餬三口之家。之后，又值湘桂告急，又仓促带着儿女逃难，这种情况下，饥饿是难免的。就这样举目无亲，流落异乡，好不容易到了重庆，我还是找不到工作。我本不信，但在事实的面前，又不容你质疑：当真一个女人失去了丈夫，便失去了一切？我已无力抚养我的子女，女儿便被萨先生的朋友带走，从此母女相失，再相逢又在多少年之后。儿子幼小，只好带在身边，随着我过着颠沛流离穷困的生活。这其间，我尝尽了世态炎凉，人间的辛酸。我也曾教过书，因为带着小孩，被辞退了；也曾做过一个律师事务所的秘书，每月的工资，只够买一双皮鞋。抗战胜利了，我还是依然故我，没有路费，回不去北京的母家。

一九四六年我再结婚了。对方当时肄业于陆军大学，为人正直，祖上是农民，四九年后，他在高等军事院校任教，六四年转到镇江，任镇江市图书馆馆长，图书馆协会理事长，从此我们便定居镇江，现在他已经退下来，等待办离休手续。

我十分热爱教师工作，自四九年后，我曾在天津、北京、沈阳、哈尔滨、武汉、南京许多地方教过中学、师范，以及职工、机关干部的业余大学，教过各种不同年龄的学生，为了教课，几乎倾注了我毕生的心血，聊堪自慰的，都还能受到学生的爱戴。在雨骤风狂的五七年，在学校的走廊上，挂着许许多多学校让学生给教师提意见的木子，我的木子上，尽是学生写的称颂的诗篇。

“文革”之后，我无意再教书了，七一年患冠心病，就此退休。也曾患过白内障，但经过自己多年持之以恒的每日做眼的保健操，视力并未衰退，依旧可任我阅读写字。七八年患右膝骨质增生，一时，外出行路有困难。在镇江，本来就无亲无友，至此更是门庭冷落，正好，我就此闭门读书，八三年后，开始写作。

虽然我写的小说《京华女儿行》在出版社已经睡觉四年，八八年完稿的《燕子天涯》又被放进出版社去睡觉了，这并不影响我的写作，人，活着总是应当做点事的。对我来说，东隅已失，桑榆非晚，我更当自强不息。

我在生病时，注意治疗；平日注意保健，生活比较有规律，每日除生活自理，做些家务事之外，还计划每年写一本小说，约可写十万多字。到了严冬酷暑，我便停笔读书。到了春秋佳日，隔一两年我便去武汉大儿子家做客，那时搭上长江航船，逆流而上，对着江山如此多娇，真使人心旷神怡，激发起多少豪情。

我今年八十岁了，有两女两儿，三个外孙，一个外孙女，两个孙子，一个小孙女，惜乎多是各在天一方。

大女儿苦茶，今年六十岁了，在北京，高级记者，即将离休，大女婿是画家。二女儿苦荼，今年五十六岁了，在天津，大学教授，去年已离休，二女婿是干部。大儿子在武汉，是武汉大学哲学系副教授，讲美学，大儿媳是武汉大学中文系副教授，古籍研究所编审。小儿子在镇江家用电气厂生产供销科当科长，小儿媳是镇江医院妇产科医师。

住在镇江的，有我们老夫妇，还有我的小儿子夫妇和他们的一个小女儿，还不满四岁，还有一个大孙儿（是大儿子的），在读大学。

我的儿女，都没有得到深造的机会。两个女儿，全凭自己努力，都还不错。大儿子大学毕业后，全靠自己拼搏。他和大儿媳，都写过几本书，也出过书，也有书现在还在出版社睡觉。

最使我感到遗憾的，是我的小儿子，他是一九五一年生的。初中毕业，赶上"文革"，下放农村，七年才上来，进了工厂，做了车间主任，靠自学考进职工大学，学的是工业电气自动化专业，其实只是略窥皮毛而已。但他勤奋好学，朴实能干。他对我这有病的母亲，确实百般照顾，体贴入微，堪称孝子。

我对生活，一向抱知足的态度，有子如此，本当更知足了，然而，随着岁月的流逝，我的心反而不得平静，内心深处，自觉负疚，因为社会已进入竞争机制，我时时在希望，希望在我有生之年，他能得到一个补救的机遇。

只顾倾吐衷肠，拉杂地写了那么多，要暂且告一段落。祝好。两张相片已收到。

承楹先生代为问候

**秉　英**　二月十日

成舍我先生代为问候

我很关心他的眼疾，不知现时视力如何？是否需要内地的中成药？我可寄去。请代为转达。并谢谢他的问候。下次再给他写信，请给我他的地址。代为问候旦冏先生，不知他的情况怎样？

——原载一九八九年三月廿四日

《台湾立报》副刊

# 读陶邦彦的新作

"联副"主编送来了一篇近两万字的小说影印本，并且问我："老主编，记否三十年前的'联副'作家陶邦彦？"我一边说"怎么不记得"，一边打开了这篇题名"香华未老"的小说。据说他们发现这位停笔三十年的作家，当初在"联副"产品不少，品质也不差，所以探问仍住基隆的陶邦彦，愿否重拾文笔再为"联副"写作？他们意外惊喜的是小说稿应声而至，所以要我这老主编看看这篇小说，并且说点儿什么。

我也觉得甚为意外，主编先生真能挖角儿，竟挖出老根儿来了。我印象中当年陶邦彦的大作都是来自基隆，他的字体我也记得，清清爽爽；文章也是一样，颇便于"阅"和"读"。那时的短篇小说因为版面关系，只能三四千字一篇，而今老当益壮，这篇小说近两万字呢！他的文字是平实的，简练的，描写细致而不啰嗦，可读性高，他也不要花腔或什么流，写要说的内容，每一篇都有其意味，所以，我查资料自一九五六年到一九六〇年的四、五年间，刊出有十七篇之多，也写过比较长、约万字的星期小说。

由此我想起五十年代副刊的蓬勃现象来了，作品每天都是丰收的，投稿者来自各阶层——军中、教育界、公务员、家庭主妇、本省的、外省的……不一而足，只恨版面太小，容纳不了那么多好作品。那是一个在台湾的承先启后的文学时代，我有幸参与了这个时期的编辑和写作；每天迫不及待地阅读了那么多投稿，也振起了我自己的写作情绪。陶邦彦也是由这个时期出发的作家，不知为什么，到一九六〇年，在他自己的丰收季节却突然停笔了，而这一停便是三十年！

《香华未老》这篇小说，是回忆作者在小学时代家乡广州姨母家的一个丫头香华，全篇是香华的故事，表现了一个卑微的女性，怎样冲破那个时代所加诸于她的不幸，靠自己的努力争取她要得到的东西——知识、爱情，她是固执的，她是懂得爱情的，但，她是不忘旧的，也没有失去伦理观念，故事在作者的笔下，一步步地进展着，最后，到了今天，四十多年后，香华的再出现，有一个意外的结果，使我们跟着作者而生喜悦之情，时代已经过去了，却是“香华未老”，这便是作者的主题意义了。

作者在三十年后重拾文笔，仍然是那么平实、简练，又何尝不可以说“邦彦未老”哪！

——原载一九八九年四月十一日

《联合报》副刊

# 艺文二三事小记

## 天舞——南雅人

弥漫着花香的淡红色天空，
是寂静而孤高的世界。
天之舞，开始沉醉的舞向天边。

编舞家南雅人（本名郑钏煌，台中人）三岁时由台湾随双亲到日本，毕业于东宝艺能学校，并留学英、美，曾于一九六六、一九六七、一九七二等年回台举行舞展及编导舞剧，可说是一位集舞、编、导于一身的艺术家。他也曾返台担任客座教授，和编演由日本名作曲家黛敏郎谱曲的《蒋山常青》哀悼作品。

八月间南雅人返台，我曾有机会认识他和欣赏他编的《天舞》录影带。经过是这样的：

有一天，艺术工作者王正良打电话来找我，据说是南雅人返台后要找他的师友邓禹平，却听说邓氏已经于三年前去世了，他很着急要打听详情，并且要去墓地拜祭，所以请王正良找到了我。我们先有一个小聚晤，我邀了禹平的生前好友音乐工作者钟光荣同座，大家谈着有关邓禹平的一切。

南雅人说，他这次来台，本是专心要找邓先生的，并且带了他所编的《天舞》四十五分钟全套录影带，预备放给邓先生看，因为《天舞》之编竟并在日本上演成功，和禹平的关系至大；当二十多年前，他初返台开舞展时，用禹平的《高山青》曲子，那天禹平特别到后台去，他们便由此认识并有了交往。他们常常一同欣赏中国的民族舞蹈和京剧。当南雅人看到民族舞蹈中跳的彩带舞或京剧《天女散花》中仙女们的散花舞时，非常欣赏，有意返日编这类中国味儿的舞蹈，但是邓禹平却以一个艺术欣赏者的立场，向南雅人说，无论京剧或民族舞蹈，其所舞的彩带，不是系于胸际，就是手持用两根木棍扎着的彩带，这样舞起来实在不够美雅，那似乎是技艺，而非舞艺了。他建议南雅人，如果要编这类舞时，应该是这样的（禹平当时还做样给他看）：长长的彩带，披在身上，不要任何系结，舞起来才能表现天上仙女飘逸的姿态。南雅人听了谨记于心。

返日后，他以数年的时间编成舞剧名《天舞》，编好了训练二三十位芭蕾舞者，这是世界上第一次以芭蕾舞蹈来表现佛教之美的。第一女舞者的丝彩带有八码长，由后颈向两肩披垂，在两手臂上各轻绕一两圈，不用任何系结。其他仙女的彩带，也有五码长。他说光是训练舞带子，她们就苦练了半年之久。这《天舞》并由黛敏郎以佛教曲乐编配，也是芭蕾舞曲的突破。南雅人更有趣地说，自从他这样做以后，日本的现代舞，也受了影响，常学着配以佛教的涅槃之乐。数年前在日本公演的《天舞》，可说是相当成功。他这次来，就是要放录影带给禹平看，算是奉献他的一些成绩，没想到邓禹平已不在人间。南雅人说到这儿，忍不住捂着脸呜咽起来。他满怀兴奋地跑回来，却发现失去了一位往日对他爱护有加、亦师亦

左起：王正良、南雅人、海音、钟光荣谈有关邓禹平的一切

友的人呢！他含泪述说着，又连连鞠躬说，第一次见面就这样忍不住，非常失礼！

我们听了也深感这一段动人的友谊，只有永铭于心了！钟光荣和南雅人约定了日期，一同去存放骨灰的灵塔拜祭。那天他们带了拜祭的冥钱和鲜花水果，沿路进入，因为不谙路途，向管理员打听，那管理员竟摆个脸色，还不客气地令他们事后要收拾干净食物等，他们也只有忍了。他们好不容易找到灵位，虔诚地拜祭，回路上又经过那管理员面前，谁知那管理员竟口哼着久已无人唱的《高山青》（他并不知道他们是拜祭邓禹平），还对他们略展笑容，真是令他们惊奇不已。南雅人很愉快地说，是邓禹平显灵叫管理员唱的呢！

又约了一天，我和钟光荣、王正良、王信、庄灵、陈夏生及小女阿葳同去南雅人家，观赏《天舞》的录影带，就算是代替邓禹平欣赏吧！南雅人略作说明后，便沉默地坐在一旁，任由我们自由自在地观赏。这是在日本公演时，直接由舞台录影下来的，效果极好，在小荧光幕上，却可领会出舞台上的深邃广漠，舞台设计简单美丽，仙女们飘舞其间，或单人，或群体，莫不表现出羽化而登仙的味道。散花仙女们，不但有长长的彩色薄翼丝带，而身着的舞装也是柔软而色美，给人的感觉，就好像它包裹在观赏者的身上一样，随着舞者的跳跃、旋转、弯卧，有如和她们一同进入了淡红色的天空，沉醉地、无垠地向天边升去。八码或五码长的丝带，也那样地飘逸着，不落地，不扭结，不绊脚，是半年苦练的结果。我回头瞥视南雅人，他仍是那么默默地沉思着，是因画面而在思念那不可追回的友谊吗？

说起舞丝带的这回事，我后来找出京剧《天女散花》编者齐如山先生的有关京剧的文章来（京剧有舞艺的如《嫦娥奔月》、《霸王别姬》等都是如山先生所编），如山先生说，他个人未习过舞，居然敢在戏中添舞，岂非妄为？但他稍有把握的，就是所有他添入的身段，都是由书籍、图书中揣摩出来，所以一手一式都是根据吾国关于乐舞的记载，无论汉魏辞赋唐诗以及德寿宫舞谱等。也确实下了一番苦心，所以梅兰芳数十年前首次到美国演出，便有《嫦娥奔月》、《天女散花》、《霸王别姬》等带舞的戏出，而且极受欢迎。对于舞彩带的意义，如山先生有一小段文，也正和邓禹平当年对南雅人说的不谋而合。如山先生说：

"……自从我在天女散花一剧中创出绶舞之后，上海旦角仿效的很多，目下在台湾也不少，但他们都是不顾音乐，不顾板眼，随便要要，这和变戏法的人要布条同一性质；未尝不可这样要，但品格就太低不得谓之舞了。……"

南雅人非常爱他的故乡，他这次来，也是想把这出《天舞》带回台湾，希望训练中国舞者来演出，他初拟定在后年（一九九一年下半年），是个大计划，并且是认真而有耐性的期许呢！他正在各艺校、舞蹈班等地方访求舞者，我们是多么希望本地艺术舞蹈的同业和有关机构，多多跟他合作协助他呢！

## 香港，最后的殖民地——秦家骢

去年六月间，我曾投一稿给“中副”，是写有关我的一位姻亲晚辈秦家骢的新著《秦氏千载史》的出版。家骢原是美国《华尔街日报》驻北京主任，他是我国北宋词人文学家秦少游的三十四代孙，为了写这本他的家族史，不惜辞去记者的高薪高职，以五年时间，往来奔波于他所陌生的无锡家乡和他原本一无所知的秦氏家族，实地搜寻资料，终于在去年完成此一部英文巨著（十八开本五百多页）。这本书的价值，我觉得应不在于秦氏的家族个人，而是千年来由于这家族所旁及演变下来的历史、社会等等情况，家骢当时写作的意愿就是为了这些。所以我一直关心它应当译成中文。可惜我在书出版后不久，只见过报载一篇译其中一节而已。

上个月家骢又来台北，有机会聚晤，谈及他的近况，我以为他完成千载史后，应当又回到他的新闻岗位上去工作了吧！谁知他很高兴地说：“我又在写一本书呢，是有关香港的。”写香港，对他可说是比较方便的事，因为他成长于香港，在港受教育、工作，找起资料来也容易得多。这是一本什么样的书呢？是为了一九九七而写的吗？家骢大致告诉我：

这本书的书名初定为《香港，最后的殖民地》(*Hongkong, The Last Colony*)。所谓“最后”，是站在英国的角度说的，香港可说是英国最后、最重要的殖民地，是写香港一百五十年(香港自一八四二年起沦为英国殖民地)来的演化，这本书他是和美国极有地位的Viking出版公司订的约，说好明年十一月交稿。

这一百五十年的演化，可不是历史年表，而是由一个来香港六代的家族写起，相信家骢的写法一定很有趣，愿闻其详。家骢大致说，这个李氏家族，是广东鹤山人。第一代从家乡来香港，辛苦工作挣了钱后退隐家乡，死于一八六九年，五十岁，那时香港已为英之殖民地。他有三个儿子，这第二代在香港居留下来，并没有返回家乡，但是死后(一九一六年)却运回家乡安葬。这时他们已经事业有成了。第三代以后就整个留在香港，是香港人了；即使到了一九四九年，他们也不要回去，可说已无返乡之心了。第四代如今已是六七十岁的人，他们的第五代儿子也都在工作，第六代尚在读书。这一棵六代的树，其树龄正是英国据港为殖民地的一百五十年，如今他们从祖先吃苦卖力到如今，已经是香港政治性人物，并且参与了基本法的制订。这也正反映了中国和香港的关系。家骢在香港搜寻、访问的资料，枝枝叶叶的，也相当可观哪！它也会像《秦氏千载史》一样，直的叙述，横的铺陈，应当是可读性高、十分可贵的史料书。家骢以文学之才，记者之目，写史料之书，盼早日印行，以饱读者的渴望。

## 刻竹三层——叶瑜荪

前些时收到成大马逊教授给我寄来的一个小包裹，里面是一节竹刻臂搁，另外竹拓五张，全是由同样大小的竹臂搁所拓。刻竹者署名石门叶瑜荪，所刻全部是他的乡长石门丰子恺的作品，或写或画。我看了十分喜爱，正值炎夏，我伏案工作，左手臂就搁在臂搁上，清凉舒适。看看这节竹刻，下面是一幅题名“翠拂行人首”的丰子恺之画，上面是丰氏书写的七言诗：

孤山寺北贾亭西
水面初平云脚低
几处早莺争暖树
谁家新燕啄春泥
乱花渐欲迷人眼
浅草才能没马蹄
最爱湖东行不足
绿杨阴里白沙堤

丰子恺书下的两方小小的刻印，一是“石门丰氏”，一是“子恺”。而另一行则是刻着“海音前辈清赏石门叶瑜荪敬刻”，字体也很像丰子恺的呢！另外三拓，一是给新加坡广洽法师祝寿的“寿佛”二字，一是刻的丰子恺所书、写弘一法师在俗时的春游歌，看了这则使我回到一甲子前在小学时唱的这首歌，相信许多和我同时代的人，都会记起它，歌曰：

春风吹面薄于纱
春人妆束淡于画
游春人在画中行
万花飞舞春人下
梨花淡白菜花黄
柳花委地芥花香
莺啼陌上人归去
花外疏钟送夕阳

另一页是丰氏画的岸边垂柳下立一人，题的是“摩挲数尺沙边柳，待汝成阴系客舟”字样。我不认识赠我竹刻的叶瑜荪先生，心想应当怎样谢他，也打听一些有关这位艺术家的讯息，便给成大的马逊打了电话过去。我首先告诉她，收到了寄物，猜想是她的妈妈孙淡宁交她给我的。马逊说一点儿也不错。淡宁月前曾来台，只通了电话，我忙得不得机会跟她见面。马逊告诉我有关叶瑜荪的事。叶氏现年不过四十出头，他自小就喜欢刻石、刻木，后来发现竹子更是可爱的雕刻原料，从此全心投入刻竹，而且是专刻乡长丰子恺的字画。

更有可记述者，叶氏都是到天目山亲自选竹砍竹，而且自己将竹子背下山来。一般采竹者都是投进水中，顺水流下，但是他们所选的竹子绝不能泡水，所以只有亲自背下山来。马逊并且告诉我，要注意看送我的那节臂搁的刻法是刻竹三层的，阴阳深浅，或以平刀出之，或以薄刀出之，不论斜披直入，无不精妙。果然我细看之

叶瑜荪正在刻臂搁。

下，原来这节竹子上画的部分是凸出的，那就是原竹的青皮不剥掉，而是刻削时，留出画的线条来，然后在黄的竹皮上凹刻出诗句，这样一来，有如我们图章的阳刻阴刻一样，是竹的三层雕刻了。叶氏的刻工细致极了，就如我说前面提的丰子恺二枚如绿豆大的图章，我在灯光、放大镜下才看出“石门丰氏”等字样。欣赏之外，心中有说不出的钦佩，因为刻竹艺术家是很少这样做的，功夫多么深啊！

近日接触三件艺文之事，令我感佩，伏案之余，小记如上。

——原载一九八九年十月二十三日

《中央日报》副刊

# 简写《芙蓉镇》作者古华

古华先生是大陆现代年轻一代的作家,他写了不少作品,许多小说也改编成电影及译成多国文字。而使他在国际间享名是始自他的长篇小说《芙蓉镇》。我是早在《芙蓉镇》尚在大陆的杂志刊载时,友人从香港影印寄给我的,我读了后非常欣赏,便曾影印寄给此间报刊主编,希望他们能注意这位年轻一代的大陆作家,报导或刊载他的作品,但是没人理会我的建议,因为那时他没名气呀!(那时此间报刊多刊载沈从文、巴金、钱钟书夫人杨绛等老一代作家的作品或有关报导。)等到《芙蓉镇》拍成电影获奖,得了国际间的赞扬,古华这名字才响起来。而我也在香港之旅中,又看到《芙蓉镇》电影,及香港的出版社为他出的《贞女》中篇小说集。和《芙蓉镇》一样,古华的作品,除了故事以外,他的笔下总会把故事所在

古华在湘西与《芙蓉镇》女主角刘晓庆讨论剧情

地方的民俗、环境、语言写进去，增加了作品的亲切感，是我最欣赏的。

香港出版界的朋友告诉了古华我对他作品的欣赏，他便由现居的加拿大温哥华先给我这"长辈"同好写了信来，我才知道古华于一九八七年秋天应邀到美国爱荷华参加国际写作计划班，事后又应邀到加拿大参加一九八八年一、二月在加举行的国际奥林匹克第十五届冬季运动会艺术节。之后便在温哥华定居至今。人家是"乐"不思蜀了，他却是"苦"不思蜀，他在给我的信中说：

……也由于为自己赢得创作、思考的自由，我决定苦不思蜀，以求用后半生的清贫寂寞，来写出我长时间所认知的那个底层的中国。这大约也是我能为自己祖国所能尽的唯一责任。所以我的生活方式基本上算“隐居”，坚持的仍是自己的行为准则：作家只用作品发言……

古华又在另一来信中谈及他个人的想法：

谢谢你对我习作的鼓励和鞭策。是苦难造就了文化，因之常在想文学的代价太过沉重。如果人生没有这许多苦难，又何必要这文学呢？从少年时代起，我就企望着美好的生活。结果是天虽未授大命于斯人，却仍要长时间经受“体肤”、“筋骨”、“心志”之类的折磨。当然，在我们同辈人中，自己算是个幸运儿了：一是能健康地活下来，把皇天后土看个究竟；二是没有被改造成痴呆，好歹保住了自己观察思考机能；三是多少做了点事，并将继续做下去。因之我感谢生活，包括那些难以忘怀的灾难。明知自己才疏识浅，笔力不济，却依然痴情于当代社会生活的书记员呢！……

以上可说都是他的自剖式的告白，得主编之嘱略记如上，以为读者认识古华作品形成的一点旁白吧！

——原载一九九〇年八月廿三日

《中央日报》副刊

# 一生的老师

## ——悼吾师成舍我先生

今天早上,在淅沥不停的春雨中,到总医院十楼一号病房去探望数度住院的舍我师。进门见他半合着眼昏然似睡,衰弱无力的躺在病床上。看护人员对我说,适才推他坐轮椅出去“散步”了一阵,现在刚回来放他躺在床上,是太累想睡了。

我趋前轻叫一声:“成先生,是我。”旁边陪伴他的学校职员也说:“是你的学生林海音先生来了。”他似乎听见了,无力地睁开了眼,也似乎看见我了。瘦弱深陷的两颊,比我前两次来看愈显虚弱。饶这样,他还是不愿住院,每次送进来,第二天稍好,就有气无力地嚷着要回家去。他要回家的心态,固然是要强的性格不愿让人总当他是个病人,我却认为也是他“恋家”使然。

我把一篇某报刊载龚德柏狱中回忆录中,写舍我师在“立法院”对龚案仗义执言的经过，拿给他看，他虽没力气，但脑子很清楚，还问说是什么报、什么人办的报等语。勉强用放大镜看两眼，却无力继续了。其实这狱中记，龚德柏早就送给成师一份手抄稿，他早已看过了。只是公开刊载尚属首次。

我见他已昏沉睡着，便悄悄离去。从一路上到执笔为文，成师过去的影像，不断地一幕幕涌映在眼前。

成师今年九十五岁，真是一位高寿者。算一算，我十六岁初中毕业考入北平新闻专科学校，开始受教于成师，竟决定了我一生从事新闻工作。对我个人来说，也还有些意义。五十七个年头儿中，除了抗战八年我陷于北平、失去联络外，其余的时间都是和成师及他家人有联络的，啊，也有半世纪以上，快一甲子了，不正可以说他是我一生的老师吗？

成师当年在北平创办的北平新闻专科学校，并不像现在台湾的世界新闻专科学校那么出名，也没有那么多学生。一个初办只有百把个学生的北平新专，在那古城中的千百所大中小学校中，真是微不足道的一个。

我入北平新专以前在初中读书时，曾在一个偶然的机会参加了当时由余上沅、熊佛西等戏剧界人士创办的“小剧院”演话剧，试想我不过十四五岁，能演什么？当然只是配角而已。不过因为“小剧院”品质格调高，编剧导演都是戏剧家、大学教授，演员是大中学在校学生，所以偶有演出，报刊书报都会有专页刊出主配角的照片特写等。我初中毕业投考新专时，没想到竟因演戏还有一段差点儿不被录取的经过。据说是这样：舍我师对于学生的品德、家庭情况很重视，我演戏的照片曾在他办的《世界画刊》刊出，于是他认为我是一个喜活动好出风头的女学生，一定不会好好在他那苦学校读书。想不录取我吧，又觉得从我的作文试卷看，倒也是个可造之才。几经商磋，才算把我录取了。这样一来，竟决定了我的一生之业。

我在未进新专之前，对于"新闻"的观念（那时还没有"大众传播"一词儿呢！）极为浅薄，报纸倒是很喜欢看，对于北平的报纸也很熟悉。当然更知道当时舍我师创办的《世界日报》是北平数一数二的大报，而且是不受任何津贴，苦哈哈的，由二百元资本先出版《世界晚报》办起的。

那时舍我师的报业，正是蒸蒸日上的时期，他个人更是年轻，精力富强，当时他主持了北平"世界日、晚、画"三报，在南京又有《民生报》（《上海立报》尚未成立），加上办个学校，他那时不过是个三十几岁的青年呢！而且在学校里，有几门功课他都亲自教授，新闻学的课程不必说，连国文他也教。他说他最看不得国文不通的人，做一个新闻记者，首先就得把国文弄好。他虽然写一手很漂亮的白话文，可是他却认为古文更得念。他的国文课是选读《古文辞类纂》的文章。

舍我师是湖南湘乡人，高个子，面上难得有笑容，见了学生更是绷紧了铁青的脸，每当他迈着略带外八字的重重脚步进得教室来，教室内便鸦雀无声了。鸦雀无声并非表示我们像听音乐会那种心情，而是因为对他太畏惧了。他开始用那地地道道的湘潭之音，吟诵起桐城方苞的文章，念一段，逐字逐句地仔细讲解。我们都是北平孩子，没有受过吟诵古文的训练和听外地方言的经验，因此听舍我师那样陶醉地摇头吟诵，都忍不住要笑，但是谁又敢笑呢！大家憋死了。好不容易一小时过去，下课铃响了，舍我师收拾起书本，又迈着他那重重的步子走出教室。我们这时才忍不住一阵爆笑出来！我们绝不是不好好听课的学生，而是非大笑不可。我后来一直想问舍我师，他到底知不知道每周两堂古文课，我们所获益的和所受的罪呢？我到底至今没问过，还是有畏惧的心情吧！

新闻学方面的课程，并没有课本，不要说五十多年前没有，就是今天，又有几本中文的新闻学方面的课本呢！那时有一本徐宝璜翻译的《新闻学》，以及邵飘萍等人写的有关新闻学方面的几本书，舍我师都瞧不上，所以他宁可亲自讲授他自己的一套，却没有讲义。他口授，让我们笔记下来，回家之后再把笔记用毛笔誊写在正式笔记本上。这也是一门苦练的功课，是为了让我们借此练习

“听写”及整理工作，外带练习毛笔字。这一整理，有时几乎要通宵工作，这样的训练，练就我至今写字快速，得益匪浅也。我有时想，如果那时的笔记留下来（我确实留过若干年），岂不就可以出版了吗？

提起新闻学课程，不能忘记英国报人北岩爵士，因为舍我师为我们讲世界新闻史的课程中，讲他讲得很多很细。北岩爵士固是世界新闻史上必须提的人物，但他对于北岩爵士如此推崇，必有其原因。试记北岩爵士的略历及其办报的理念：

北岩爵士（Northcliffe 1865—1922）生于都柏林，但在他两岁的时候就全家迁居伦敦了。他从事新闻工作可以说是自十三岁开始的，那时他编辑学校的刊物。十五岁时就正式帮人编报，从此以后正式踏入新闻界。先做《青年报》（Youth）的助编，又为《晨邮报》（Morning Post）做撰述员。他创办《每日邮报》（Daily Mail）是一八九六年的事，那时他不过三十一岁。这是他依据自己的理想办的报。他称此报为“忙人之报”。他把不重要的新闻缩短，所有的新闻皆以浅明的文字撰写，而且请著名的作家来为此报写文章。他要把报纸办成大众的报纸，而不是少数人的。因为在百年前的英国，报纸并不是大众必读的。这种革命性的理想，可以说是自北岩爵士开始。《每日邮报》行销六十万份。后来他又办《每日镜报》（Daily Mirror），最初失败，后来他改变形式，从每份一便士降低为半便士，在内容方面，又加入了插图以增趣味，结果大大成功。一九〇五年《每日邮报》又出版大陆版（欧洲），总部设在法国。同年，北岩被封为爵士。后来，他和也是从事新闻事业的兄弟合资买下一个三千平方公里的森林，在湖边设立造纸厂，自备铁路，又有港口。北岩爵士和英国著名的报纸《泰晤士报》（The Times）也有一段故事。一九〇八年他掌握了《泰晤士报》，这本是他一生最大的目标。他为《泰晤士报》的革新工作是启用新机器，为使报份大增，他又把报价减成一便士，但是英国的保守人士反对他，不赞成把高贵的《泰晤士报》也弄成他一向理想的大众报的作风，后来他便退出《泰晤士报》了。北岩爵士在第一次世界大战中宣传贡献颇多，一开始便告诉国民，这个战争会打得很久。对于美国参战，他的功劳最大。当时英国政府曾请他做驻美大使，他拒绝不做，但是他组团到纽约，做英国军事顾问团的主席。一九二一年因健康关系，医生要他休息，他便开始周游世界，但次年终于还是逝世，才不过五十七岁。

我想舍我师在世界许多著名报人中，特别崇拜北岩爵士，是有其理由的：第一，舍我师和北岩爵士一样，也是十几岁就在报馆工作，后来才入北京大学读书；他办报的理念也是受了北岩爵士的影响；他要办的是一份为大众所看的报，为人民做喉舌的报，而不是为少数人有什么目的的报。因此我也不厌繁琐，把北岩爵士的事

何凡(左)、海音与老师成舍我

迹多陈述一些。

我前面说过，舍我师讲新闻学课程时，是口述，由我们笔记，光是北岩爵士就笔记了一本吧！数年前我曾应某新闻杂志之邀写些回忆学校之稿，曾访问吾师，请他把北岩爵士再讲一次给我听，上面便是根据他所讲而写的，我认为放诸今日，仍应为读新闻的学子所认识的。记得我当时还曾问过他，世界著名报纸中，尚有赫斯特报系(Hearst, W. Randolph 1863—1951)等，为什么他在学校时很少向我们仔细讲起？他说赫斯特对于社会新闻的夸张渲染，他认为是报之下品，看不起，因此也不屑多讲给我们听。

我便是在这样的观念下，接受新闻基础教育的。采访的工作，以及做一个采访记者应有的采访态度，使我对社会上的许多现象，许多人物，有了更多的认识。我觉得把自己的主观看法置身于外的客观新闻写作，已经不能满足我的写作和欲望；这欲望，便是我要发挥我自己的看法和感受：因此才使我由新闻写作走入文艺写作之路了。

来台湾以后，舍我师如日之升的新闻事业中断，在台的数十年，再也没有办报的机会。在台湾，若干年来因报禁不能办新报，但有些关门报纸的招牌，也还是可以买过来办，为何舍我师不这样做？他不要，他不要捡人家的剩渣，要办就从头办起。《台湾立报》便是在报禁开放后，他终于办起来的报。

一九五三年我进入《联合报》任副刊主编，舍我师也特别支持我，他于一九五四年六月十四日起，以“一戈”为笔名写《待庐谈报》专栏，数日一次。他来台虽然没有办报，但是对于海内外报业的动向反而有更充裕的时间来研究，这个专栏是分题短文，每则不过五六百字，叙述心得，报导新事，观察正确，文笔轻松，内行外行读了，应当都有所获益。这也是三十七年前的往事，可惜的是，他写得不多，未能成书，但今日读来，虽为历史陈迹，但感想、见解仍有其价值，留诸新闻史料是可行的，新闻学学子更应注意阅读。

我和夏承楹（笔名何凡）是在北平《世界日报》结识的，他虽毕业于北平师范大学，却喜爱新闻记者的工作，所以毕业后，没有教书，倒一脚踏入了新闻界，在《世界日报》当"学生生活"版的编辑。我们是民国二十八年结婚的，那时舍我师和师母萧宗让女士已经入川到抗战后方了。一九八九年何凡八十岁，又是我们结婚五十年金婚纪念，子女们便为父母办了一次热闹的庆贺会，我们想五十年前我们没机会请舍我老师吃喜酒，如今我们师生有缘，请这位长寿翁（舍我师九十三岁）来参加他的部下（何凡八十岁）和学生的结婚及生日晚会，不是一件可喜的事吗？并且也要请他说说话，以补五十年前之憾。他很高兴地答应了，其实他那时因跌伤入院动过手术，行动不是很方便。这一天，舍我师在台的全家都来了，成师的女儿成嘉玲（我结婚时尚是婴儿）教授，和嘉玲的女儿正好也自美返台。舍我师起立讲话叙述我是他五十多年前的学生，何凡是他五十多年前的部下，这半世纪以上的新闻结缘，至今仍能同聚一堂，是那天的最乐事。

想当年我受业于成师，不过是个十六岁的小女孩，于今快一甲子了，这位当今全世界最高龄的一代报人，可不是我一生的老师吗？吾师虽已走尽人生（长眠于一九九一年四月一日凌晨六时半），但对他的一切，我心中永存的是无上的崇敬和温暖。

——写于一九九一年四月二日

# 她今年九十五岁喽!

把一生奉献给文学的苏雪林先生,是我所敬爱的作家,她今年九十五岁了!她退休后一直居住的台南成功大学,特在四月十一、十二两天在成大的"国际会议厅"举办一个祝寿大会,是以"国际学术研讨会"为祝寿主题,有数百人与会,从海外回来参加学术研讨会的学者也不少。

我和邱七七联袂南下,代表北部的文友们为苏先生祝寿,见她坐轮椅,使用四脚支架,仍是打扮得光亮美丽,白发苍苍,胸前佩着过寿用的大朵兰花,笑嘻嘻的,谈起话来,仍是清脆悦耳,虽然常有听不懂她说的话,但却很有味道呢!

在台南两天,返回台北的车上,七七和我谈着苏先生的这事那事、她的文学、她的生活、她的个性,回来后不由得提笔写一篇

九十五岁的苏雪林先生

回忆和杂感。

其实这位把一生奉献给文学的作家，她的写作范围很广，散文、诗作、小说、评论、传记、翻译、戏剧、考据、时论……都写。而她也是一生从事教育、在大学教书的教授。

在古文学的研讨中，“屈赋”是她的“最爱”，近四十年来，她把全副精神都放在这上面，尤其是在她退休以后。她曾把她研究“屈赋”的趣味，比喻为恋爱，给她无比的快乐。她写的一部《屈赋新探》，就有一百四五十万字；分为正副两编，正编是九歌、天问、离骚、九章、远游、招魂，属于屈原亲自撰写的作品；副编则是有关屈赋的问题研究论文，如《昆仑之谜》、《希伯来文化对中国之影响》等。这些虽然是她研究学问的“最爱”，若干年来，洋洋大著固然有了，但印了几本就难以为继了，她很天真地说：“问我为什么不继续印制吗？印好了，没有人买啊，书店不要，退回来，一包包的，堆在家里，都堆不下了！”这种学问本是曲高和寡，有什么办法呢！但是她仍坚持自己的原则，她说她要把一般人认为最艰深、最难理解的东西叙述出来。她认为现代人不能理解，当求知音于一、二世纪以后！

她一生写作既广，所阅读之书古今中外，当然也不用说了，她曾经谈到她一生爱读之书，这样说过：

“我爱读的文字都是偏于想象恢宏、辞藻瑰丽的那一类，若带有荒唐悠邈的神话成分，则更合我的胃口。屈原的离骚、天问、九歌、招魂，六朝的民间恋歌，像子夜歌、读曲、华山畿和一部分杂曲，都是我喜欢的。

“杜甫的诗也是我欣赏的。我的心灵弹力强大，轻飘飘的东西压不住它，一定要具有海涵地负力量、长江大河气魄的作品，才能镇得住我。因为杜甫的诗风与我个性较合，所以我很喜欢他。

“李义山（海音按：她的第一部书《玉溪诗谜》就是李义山恋爱事迹考，写时还不到三十岁。）、陆放翁的诗我也喜欢。陆放翁的一部《剑南诗稿》几乎被我圈点遍了。清代的诗人我最喜欢袁子才；其他像苏东坡、辛稼轩、吴梦窗等人的词我也很欣赏。小说除了《红楼梦》、《水浒传》以外，我也爱读《荡寇志》、《聊斋志异》、《醒世姻缘》。聊斋的俗曲也极好，我认为作者的思想是庸俗的，文笔却极高妙，不得不承认作者蒲留仙确是个天才作家。”

对于西洋文学，她认为自己涉猎不多，但早年林译名著像《块肉余生述》、《十字军英雄记》、《贼史》、《迦茵小传》，可说是她的国文启蒙老师。其他像法国莫泊桑、英国哈代的小说，都是她喜欢的。荷马的两部史诗她更是百读不厌，另外《失乐园》、莎士比亚戏剧也是她欣赏的。还有宗教书籍、新旧约和吴经熊译的《圣咏集》、马相伯译的《灵心小史》，则是她的日常精神食粮。这样看来，她还自谦涉猎不广吗？

记得十多年前的一天，我和也是写作和做编辑的二女儿夏祖丽到台南访问苏雪林教授，商量一些出版的问题。她知道我们要来，怕叫门她听不见，便先把木门虚掩，茶也泡好了；都是当年八十五岁的她拄着拐杖亲自做的。台南成功大学宿舍的这个家，她住了不少年，但那次我们去，和以前不同。前院的几棵大树虽还在，但落叶满地无人打扫，怪凄凉的。

我坐下来，凑近着和她大声说话，有时不行，还得拿支笔来加入谈话。她总是笑嘻嘻地说着，笑容天真可爱，是老人，可是有赤

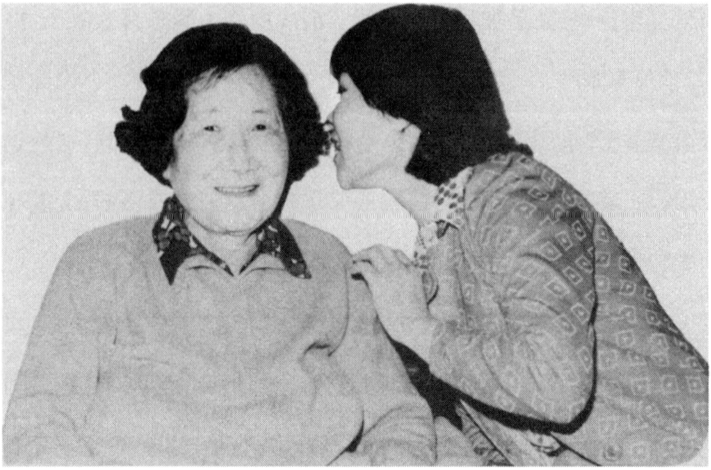

苏雪林笑眯眯地接受夏祖丽访问，祖丽必须附耳对她说话才听得见。

子的味道哪！祖丽跑到广大而荒芜的后院去观看了一番，进屋来就说：

“苏先生，您养了七、八只猫哪!”

苏先生无可奈何地笑说：

“哪里哟！我偶然把剩饭倒在后院，附近的猫都跑来了，我只好规定每天一碗饭，随它们来吃。”

我们谈完正事，听她闲谈她的生活情况，心里真是老大不忍。当时她已自成大退休十多年了，退休金是一次性拿的，但是这位老实的读书人，就将老本儿存入银行不动，一点也不知道运用。靠着越来越不值的微薄利息生活，当然是越来越不够过了，虽然她自奉甚俭，日子是勉勉强强地过着。但看她的自俭，在谢冰莹先生的笔下，是到了这样的地步：

……那年她离开师大到台南成大执教，我帮她清行李，看到一些发黄了的武汉大学的信纸信封，我说："我去买新的信纸送给你，这些都丢掉好吗？""不要丢，不要丢，还可以用。""唉！这块破抹布也带去台南吗？"我把它从网篮里丢出来，她又捡回去。"破布，我留着擦皮鞋。"她一面做手势不让我动手。我只好长叹一声，坐在书桌前，看她收拾，心里却在想：一块破抹布、几张破纸都舍不得丢的人，抗战开始时，怎么肯把半生辛辛苦苦赚来的积蓄、薪水买成五十两黄金献给国家呢……

苏先生一直是孤零零的一个人住。有位好心的女工，每天来打扫洗刷煮一顿饭。这位女工辞掉了附近做了多年的多处工作，却不忍辞掉苏先生的。苏先生跌伤腿多年来，行动一直不便，可是仍拄着拐杖每天出去买邮票寄信什么的。她写信绝不延误任何事，记得最近我为了寄书给成大中文系，也给她寄了一封信，报告事由。我知道会很快收到她的回信，谁知第二天回信就来了。每年新年，她也是没等我们先寄贺年卡，她的就先来了，真是不好意思。

晚年苏雪林

我曾问到她的日常生活，她的眼力不好，阅读自然也慢，她说每天晚上她都坐在电视前，把所有不管好坏节目看完了才去睡，无聊嘛！不知她最近是否仍这样生活？高龄老人实在不宜这样独居，是应当有人陪伴和服侍她的生活才对。我们曾谈到自费的“老人之家”这类地方，也曾替她安排过，她考虑过，但是终于因为种种理由——第一就是她的书很多，那种地方是没处放的，只好作罢。

即使是这样，她那热情和容易激动的个性却一点儿也没有变，她自己也说：“我生性耿直，见不得人间不平事。”十年前出版了一本《犹大之吻》，内容就是为她的老师胡适之先生大力辩剖，她认为老师被诬蔑了。

苏先生，就是这样的苏先生啊！

最后我来抄录一段《鸽儿的通信》——

亲爱的：

昨晚我独自坐在凉台上，等候着眉儿似的新月上来，但它却老是藏在树叶后，好似怕羞似的，不肯和人相见。雨过后，天空里还堆着一叠叠湿云，映着月光，深碧里透出淡黄的颜色。这淡黄的光，又映着暗绿的树影，加上一层濛濛薄雾，万物的轮廓，像润着了水似的，模糊晕了开来，眼前只见一片融和的光影。

到处有月亮，天天晚上有我，但这样清新的夜，灵幻的光，更着一缕凄清窈渺的相思，我第一次置身于无可奈何的境界里了。……

上面摘录的，是差不多快七十年前一位新婚少妇在第一次和她的丈夫小别时写下的《鸽儿的通信》，这位当年的少妇，今年已经九十五岁了。这篇《鸽儿的通信》，收在她的名著《绿天》里，《绿天》实在是一本富有诗意的散文，像这样描写大自然景色的情意之文，书中有很多。我在中学生时代读它，和今天我自己都做了祖母再读它，一样的使我深得其味。这位少妇就是苏雪林先生,看她描写的淡黄色的月亮,映着暗绿的树影,夏日的夜晚是如此多情。本篇小文,就算是我对苏先生九十五岁的贺意吧!

——写于一九九一年四月

# 读《我的父子关系》

## ——忆王寿康教授

正方寄来《我的父子关系》，要我转寄“联副”，因此先睹为快。我与何凡读着这篇至情之文，不由得时时穿越时光隧道，回忆三四十年来的往事。正方的父亲是语文教育家王寿康（号茀青，1898—1975）教授，他是北师大何凡的学长，到台湾来共事于省国语推行委员会和《国语日报》，又在台北的重庆南路三段做了多年邻居；他的两子正中和正方，和我们一子三女同在这两幢各只有十几坪的小木屋里长大，又前后在国语实小和建中读书，两家可谓是通家之好。

一九七五年五月十日下午五时，茀青先生病逝于台北邮政医院，其实在这以前他已经卧病数年，去世时七十七岁。我夫妇于得悉后首先赶到医院，帮着料理后事，因为当时正中、正方哥儿俩在美国读书，一时不及赶回。茀青先生是因中风病倒，像一般的中风患者一样，肢体一边麻痹瘫痪，不能言语，这对于一位语文教授和演讲家的茀青先生，真是一件惨痛的事。他初住台大医院，返家后用心调养，每天下午由一男工陪他出来散步。那时重庆南路三段尚未改建马路，街面清净，往来车辆也不多，每天见他穿着长袍、歪着半个身子，一瘸一拐的，努力学习行走。

走到我家门口，如果看见街门敞开，他必得弯进来看看孩子们，孩子们看见他，也都亲热的叫："王伯伯！来坐。"因为我家小女儿每天和邻居女孩做老师教书游戏呢！院子里一把椅子架着一个小黑板，下面坐着几个小女孩。小女儿阿葳做小老师："三，ㄙㄢ三，一声三，九，ㄐㄧㄡˇ九，三声九……啊，王伯伯，来，念，九，ㄐㄧㄡˇ九，三声九！"茀青先生，嘴唇微动，努力的张开嘴巴，"八！"他是心里想着九，却发不出来，张开嘴巴就是"八！"可怜的王伯伯，落得每天和小老师学说话。

茀青先生终身从事教职，从大陆到台湾。在台时除《国语日报》工作外，主要是师范大学及政战学校教授，每年还常常全省巡回演讲，一九五三年曾出版过《演说十讲》及《国语发音学》。前者是专为政战学校而编写的。他对学生不但认真教授，而且非常照顾，讲课时也风趣诙谐、隽永幽默，绝不是使学生打盹儿的课。他在师大的学生，如今大都也是国内外语文科方面的名教授了，譬如：林良、张孝裕、锺露升、方祖燊、林国梁、王天昌、那宗训、那宗懿、郑奋鹏，等等。至于政工干校（即现在的政战学校）方面，他在戏剧科任教，受教于他的，现在都是影剧界的大编导，如：张永祥、赵琦彬、贡敏、痖弦等位。他们对他的教学，小小的举例说明，都会使他们难以忘怀，受益匪浅。他对作育英才是乐此不疲，看他是矮胖的河北省壮汉，好像精力是用不尽似的，但就因为太不在乎了，所以在最后一次和赵友培先生的全省巡回讲课中，中风病倒在花莲，是何凡陪着王太太赶到花莲把他接回来的。

在和"联副"主编痖弦联络要送正方的文稿和照片时，勾起了痖弦难忘的回忆，他说："我是王老师的亲炙弟子，当年我们都是流亡学生，来自各省，虽是北方人，如山东、河南等等，但是国语却不灵光，都有家乡的腔调，是王老师，从ㄅㄆㄇㄈ，一字一字的正音教我们。他上课有趣得很，他教我们理论，也教我们实行，老舍有一本著作剧本《国家至上》，我们上了理论课之外，就以对话演《国家至上》。大家都知道国语'儿'化音，王老师就说过，'儿'化是不能乱用的，它是要用在娇小的、非正式的、日常性的方面。比方说，在北京当年有位坤伶唱戏的艺名叫'小香水'，大家都以'小香水儿'呼之，如：'咱们晚上听小香水儿的戏去！'绝不能硬邦邦的说：'咱们听小香水的戏去！'又如说：'大陆华东一带发了大洪水啦！'就绝不能说：'发了大洪水儿啦！'还有自嘲可以说：'当个小教员儿混口饭吃罢了！’可不能说：‘我给您介绍，这位张女士是北一女的教员儿！’王老师对我们说的，我们谨记于心，久而久之，也就运用自然了。”

正方从事编导电影工作，近年颇有成就，他编导的《北京故事》轰动海外，而且他在每部自编自导的影片中，都要轧上一角，演技自然，尤其对于对话，真是收放自如，这也都是受父亲语文研究的影响。最近消息传来，正方以英文编写的一个剧本，在美国得了三个奖：1. 全国艺术基金会奖；2. 美国公共广播电视奖；3. 全国亚美传播协会奖。此三奖以第一种荣誉最高。他编写的这剧本名为《与巴特莱姊妹的生活》(*Life with the Bettery*)，故事是说我国清末由容闳带领的第一批留美小留学生到康州去由巴特莱姊妹照顾他们生活的故事，是我国留美历史故事，写得非常动人和有趣，也有意义，所以得奖。

正方台大电机系毕业，留美宾州大学电机博士，又在IBM工作，但他迷于电影，不管三七二十一，放弃了高薪工作，一头投进了电影圈。在当时他的父亲已经故去，但他的哥哥正中及亲友(包括我们)却很担心，认为他中年才改行，如果失败，可回不了头做电脑了，因为电脑也是日新月异的。但是他却绝不返顾，我们当然也希望他能再接再厉，但是如果莳青先生在世的话，对这个叛逆性的儿子会怎么样呢！

写至此，时光隧道又把我带回了重南三段的小木屋，茀青先生还没有病倒时，隔壁常常传来一对老夫妇的乐器合奏声，是王先生的一枝横笛，王太太的一管长箫，他们吹奏着《高山流水》。如今二老已去，木屋已拆，重南三段也早已改建成六线大马路，熙来攘往的车辆和行人，哪有清幽的箫笛之音啊！

——原载一九九一年八月八日

《联合报》副刊

附：

# 我的父子关系

王正方

那一年的大年三十晚上，和父亲一同从北平来台湾的几位学生，都是二十来岁的单身汉，聚在我们家的日式房子里，大家席榻榻米而坐包饺子。父亲当时五十出头，秃顶，体重超出规定许多，滚桶式的肚子很抢眼。每餐非肉不饱，数十年来一直认为天下最好吃的食物就是饺子。大年三十晚上的这一顿，他一定要亲自监厨。饺子必得猪肉白菜馅儿的，得他自己亲手用一条新毛巾包上剁碎了的白菜，一回一回地拧出菜汁。碎菜碎肉搅和在一个大锅里，酱油和其他调味品一丝一滴地往里倒。

搅不上五分钟就得用筷子沾点儿馅儿尝尝，然后大声咂嘴，表示得意！他誓死反对在任何菜肴中放味精，二十分钟之后，才听见他咂了一声："这味道才算进去了。"

新剥的大蒜像小肥猪似的堆满了一海碗，一盘盘的热饺子，很快的，就被壮汉、半大小子，迅速地消灭掉。从没有注意过，每年父亲吃饺子的量，似乎并不比任何人逊色，他的名言是：

“每回吃饺子都吃成个齐景（颈）公，呵呵呵。”然后他似乎在脖子上横着比了一下。

那年月他的食量与音量都甚洪。照例，吃完饺子得喝饺子汤。父亲颇不雅地大声呷了口极烫的饺子汤：

“啊好！原汤化原食嘛！可是吃完油条该喝什么呢？呵呵呵。”

每个年三十晚上都是这么过的，吃完饺子就听父亲和他的学生们讲北平的故事和一些老笑话，挺热闹。

上了初中之后我渐渐地对自己的老爸有几分不大佩服。首先是他的仪表，原本就不够修长，不忌口之余，体态日益臃肿。更加上他不很注重穿着，未免不时地弄出些笑话。

有次陪他坐公共汽车，从他那件过于肥大的西装里，竟缓缓地掉出一只铁丝衣架来！大热天吃饭，他总是在肩上搭一条灰不溜丢的湿毛巾，不时地擦额头上或腋下的汗，还念念有词：

“真古之翰林（汗淋）公也。”

最怕的还是同他上中华路摊店买东西，一路上的讨价还价委实地没完没了。几块钱能争得面红耳赤。更使出浑身解数，套交情、讲义气。一旦听出对方说话的口音约莫是长江以北来的，他立刻能套上个老乡。于是又敬烟、泡茶，重新讨价还价。有这么一位相当小气的爸爸，我的确很难引以为荣。可是他老带我上中华路，因为他偏心，专疼小儿子。

再年长了几岁，西化渐深，对老先生的批评更多了。父亲的英语颇有限，洋歌洋曲一概听不下去。吃饭的音响效果很强，特别是喝汤的时候。人人都说他谈吐风趣，久而久之我早就听熟听腻了他的笑话。青少年时代的叛逆性，有时也不是礼教、权威甚至亲情可以压得住的。于是我逐渐意见甚多起来，进一步演变成态度相当不逊。对着父亲当面抢白有之，嗤之以鼻也屡见不鲜。记得也曾有镇压申诫的场面，但是都没什么效果。最后是息事宁人，大家少说话免得怄气。

在父亲患病的那天晚上，一家人吃晚餐，一向食量甚好的父亲突然吃不大下的样子，盛了碗汤，很大声地呷着，相当不雅，然后他端起汤碗，汤水顺着他的嘴角流到桌上。我于是近乎粗暴地说："喝汤怎么喝成这副样子？连最基本的餐饮礼貌也没有。"

然后我发现父亲在流泪，当时不假思索，依旧很暴烈地说：

"哭什么嘛！这又有什么好哭的？"

那年月全家人早就听惯见惯了我的粗暴不仁，谁也不答腔，只求安安稳稳地吃顿饭。

父亲放下汤碗，用那条发灰的毛巾擦嘴擦桌子，一句话没说，嘴向一边歪着，一拐一瘸地上床睡觉去了。当晚父亲送入了台大医院，严重的中风使他半身瘫痪，丧失了语言的能力。出院之后，他像个婴儿似的牙牙学语，是否有成人的理解力大家始终存疑，因为他再也没有当年的表达能力了。有时候我陪他在巷口散步，要他坚持运动，以保持正常行动。偶尔也陪他说说话，希望他能恢复一点语言的能力。但是通常讲几个单字之后，他就坐在藤椅上傻笑。

离台数年，家里经常寄来照片和报平安的信。父亲总是那个老样子，病情不好不坏，能吃能行动，说话没进步。照片也几乎是一成不变的：秃头老人，嘴巴半歪半斜，坐在藤椅上傻笑。

父亲去世的前后，我正忙着自己认为是“开万世太平”的伟大事业，一阵犹豫、耽搁，结果也没回去奔丧。这许多世俗礼仪我本就不太注重，更没有想在人前人后博个什么孝子的名声。然而事隔经年，一想起那天晚上我在餐桌上的暴言恶语，心中总是耿耿不能释然！或许父亲当时根本就没听见我说什么，中风之后或许他的记忆力早已丧失泰半，完全不记得这回事了。更也许他心中呵呵一笑，说句什么：“这小子今儿又撞上邪了！来跟我这儿犯混！”

我总是这么希望，希望他是这么想，也希望他就这么忘记了。但是这是个永远得不到证实的希望。

俱往矣！如今算一算我自己当父亲的年数竟也十分资深了。

二十几年前一举得男,相当得意,儿子生得漂亮、聪明、能说会道。带到外面逛市场,每回都招引一群美国老太太围观,赞叹之声如响焉。父子形影不离,情深得厉害。

儿子长得不像我(否则也漂亮不起来了),但是举止脾气神似之极,一时在亲友之间还颇有传诵。但是好景不常,我的婚姻出了问题,协议离婚之后儿子归母亲抚养。硬生生地父子分离,我几乎不能自持,而儿子那年才六岁。然而那时候还年轻,意气风发,多少天下兴亡的大事业等着我去做!大丈夫岂能被妇孺之私所羁绊?

十数年下来,我就孜孜地去忙自己的大事业去也。每月定期寄钱,差不多每周与儿子通次电话,暑假时儿子来我这儿住一段时期。

简言之,天下的兴亡自有区处,与我并没有什么相干。十余年之后,也没啥成就可言,半老之身堪可餬口。儿子上了大学,体健,无不良嗜好。离家住在大学附近,反而与这位"打半工"的爸爸比较接近起来。这两年常常在父子谈心的当儿,儿子对他"打半工"的父亲数落过几项比较严重的罪状。

其一,滥交女友,使儿子每年暑假与"半工爸爸"共叙天伦之时要屡屡重新适应,造成实际生活上的困难与心理上的障碍。

有关这项罪状,只好俯首高呼开恩。所幸这个问题已不存在了，我从良结婚有年，生活稳定。

其二，吃生鱼片事件。儿子八岁那年，暑假时兴匆匆上我那儿去小住。某女友俨然有做入幕之宾的架式，要辅导我的儿子。倡言小孩子应当及早开发智力，扩展经验，譬如吃生鱼片之类的。

于是当晚就上一家日本餐馆，强迫儿子吃生鱼片。小孩抵死不从，又哭又闹，十分丢面子。结局是演出了一场厕所训子，儿子吃了半片生鱼片。

这事件给小孩的印象极深，打击也很大。因为孩子认为父亲在陌生人面前竟不维护儿子的权益与感情，真让他觉得是个孤儿了。而那时候的我，哪儿有这份敏感呢？

其三，儿子有次患肾组织破坏，住院数周，情况一度很危险。医生曾嘱咐过我，必要时需要我输血，以备不虞。当时我大约又在忙些所谓济世救民的伟业，或者是在与某女士缠上些私情闲怨的勾当，一拖再拖延误探病的日程，儿子的病突然奇迹般的复原了，结果我也没去探病。

这事是我的一大心病，委实不能提的，再怎么说，这做爸爸也是他妈的差劲。

儿子是个大人了，偶尔想起这些事，却最多假意吼两句，让爸爸的面子上有点挂不住而已。

儿子说他会早结婚，找一个好女人做妻子，生三个小孩，用心地带他们。

人活到这个份儿上,竟是个新境界呢！好像做儿子和做父亲的任务都完成了,虽然平心而论,这两份成绩单上都有赤字过多的迹象。但是没那么轻松,做丈夫的任务兀自未了。

妻也是位秉性刚烈、有种莫名是非感的人。

我的脾气多年来亦未能因吸取日月之精华而有所提升净化。不时地,家中会演出相当暴烈骇人的叫嚣,声闻户外。再闹急了,更有我敲墙打地、伤损筋骨的惨剧。妻是位急起来要一逞口舌之快的人物,于是战况屡屡就有几分壮烈起来。

事情紧急时我们会打电话向儿子求救,不怕丢人,反正是自己的儿子嘛！不过这种父子易位的情况,也十足令人发噱！老两口子争先向儿子告状,各诉衷情。这些日子以来,似乎儿子与妻站在一条阵线上了。常常听儿子对我的训词:

"我观察出来她是唯一对你好的女人,和以前那些女人不同,你以前的那些女人,嗤!"

"没事大家都少说一句。为了我少吵些可以吗？出了事怎么办？我还指望你付学费哩!"

"知足一点吧！你已经老啦！她不管你,将来你怎么办？还想找另一个？就凭你的破运气,算了吧!"等语。简直有点倒戈的意味。

而我们仍旧不时地要反唇相向。今天一大早又为了件屁事儿,双方的声量都到了震耳的程度,气氛恶劣。妻怒冲冲顶着大太阳出门儿,何苦呢?

邮箱里有儿子寄来的一张卡片,今儿又是父亲节了。儿子寄来的卡片,通常都挺幽默,开开老头子的心,写上两句歪词。这卡片上是一只戴眼镜的老狗,正在琢磨不透,翻过来却见到他挺工整地写了数行英文字:

“父亲节快乐。请你们和睦相处吧!因为人活到最后,你所拥有的也只是那几个关心你的人。”

唉!一时竟百感交集,止不住地老泪纵横起来。

妻由外面回来,怒气消了大半,低头换鞋,额头沁出几颗汗珠。我说:“喂!我有没有同你讲过我爸爸过年包饺子的事?”

——原载一九九一年八月八日

《联合报》副刊

# 最后的沉樱

一九八六年九月底，经我细心编排印制的沉樱散文全集——《春的声音》终于出版了，我心底放下了一块石头，这本四五〇页文字加二十四页彩色图片的厚书出来后，第一本就先航空寄到美国她的女儿梁思薇和儿子梁思明家；这时沉樱已卧在美国马里兰州离儿子家不远的老人疗养院(Nursing House)。我知道她已经到了生命的最后，但还是希望她能像前一年正在编排时催着儿女们“赶快把照片找出来寄给林阿姨”似的说：“赶快把书拿给我看！”思薇于一周后收到书，来信说：

……每篇文章都好感动人(指琦君、秀亚、刘枋等文友写沉樱的文章)，我收到后把情形大约讲了一遍，不知她了解多

> 少，真是太可惜了。她不能完全体会，否则是多么高兴的一回事。……她是愈来愈胡涂了，只偶然说几句明白话，每天见她倒是一脸祥和，微笑着环视周遭，希望她的内心也像外表那么平静，就会让人安心，每次问起都说生活很好，希望这是真的。收到书妈妈也很高兴，只是不能太畅谈，但还指着书里的文章和相片，很有兴味地说了说，语言行动都缓慢多了，不过思路还很清晰。

我想这就是沉樱的最后情况了，而我能在她生命的最后，把她在台湾的文学、友谊、家庭生活做个总结，于心已安。这位从我国三十年代就活跃文坛的女作家，可惜的是她的婚姻生活是如此破碎，她带领三个孩子于一九四八年到台湾来，最大的思薇才十二岁，而幼子思明等于没见过爸爸。梁宗岱那时和广东女伶甘氏结合而使他和沉樱的婚姻破碎。孩子们就在沉樱独立维持数十年的四口之家中成长了。沉樱爱好文学，除了教书以外，又兼译作，在这方面的确是很丰富，也使她外表上很快乐（她有句名言："我不是那种找大快乐的人，因为太难了，我只寻求一些小快乐。"）谁又知道她的内心深处呢！对于喜爱文艺的学子们，她不断地赠课外文学读物给她们，以充实她们的文学生活。当年她教过的一班班学生（一女中）应当都记得。借着她和多位女作家都是好友，也时时请女作家们到她班上做个小讲演。学生们对沉樱真是又喜爱又崇敬。

我家二女儿夏祖丽喜爱文学，犹记她当年有一段时期和同事张忠瑜（现为《妇女杂志》主编）曾每周到沉樱家去。祖丽和忠瑜两人就像上文学课一样的，静聆对中外文学及中国古典诗词造诣很高的沉樱阿姨讲谈文学作品和她精辟的见解。祖丽能有今天的写作生涯，和那时期的获益和影响很有关系。

这样的沉樱，卧在马里兰州的疗养院里，挨到一九八八年的四月十四日，终于撒手人间，带着我们所不知的内心情感走了。死，一了百了，我以为沉樱的最后，就总结在《春的声音》里了。这本书我虽编得尽善尽美，她却已不能一目了然地读下去了，也就是这样罢。

谁知在今年的八月间，我收到彭燕郊先生自湖南长沙的来信，他是说他们将编辑一本题为《回忆梁宗岱》的书，收集各家对梁的纪念等文章，他不知在哪里读到我在《春的声音》中所写的序文《怀念远方的沉樱》，打算把它收进《回忆梁宗岱》一书里。我收到彭先生的信后，立刻把全本的《春的声音》及留在大陆的吾师金秉英女士（沉樱青年时代的好友，失去联络四十多年，直到我们联络上了，她才知道沉樱已故）所写的《天上人间忆沉樱》寄去。我想回忆梁宗岱，应也要回忆沉樱，我所寄的，有更多台湾文友写的文章。

彭先生收到后，高兴极了，给我回信，同时寄来了梁宗岱和沉樱两人于分离四十年后的通信数封（都是梁后来的同居人甘氏保留的），真令我惊奇！彭先生在来信中也说："……读后真叫人感动得下泪。梁陈（海音按：沉樱原名陈锳）、梁甘的离合，真有不可思议处，或许我们只能用一句迷信话'前世的冤孽'来解释了！沉樱女士，可以说情之圣者也，令人肃然起敬……"

我也迫不及待地读着这几封信，一样的觉得感人至深！他们在信中彼此歉疚，互相点燃起早年的爱慕、关怀，甚至在信中仍是谈文学，谈写作，话家常，问彼此病况，更关心两人所生的、已经长大成人结婚生子的儿女！通信的这时，他们已经分手数十年了。我这时忽然想，我是不是应当把它们整理出来，不敢说续貂，也有责任使这原已破碎的一家，在他们身后复合起来，仍是完整、团圆的一家呢？我先给思薇写一信，连同复印他们父母的信，问思薇可知道家中母亲的遗物中能否再找出父母的信、稿，可否让我整理？

思薇回信来了，她感慨地说：

……一九八二——八四这几年是妈妈性格转变最巨的

几年(后来才知道是脑血管硬化所致),那时她做什么事,对我们姊弟三人不相商、不告知,她跟爸爸通信的事,我们一点都不知道,她又向来不留信,看完便丢,所以我们从没有看过那些信件,倒是想请阿姨把有的那几封印给我看看。……我很小就知道我父母亲虽不住在一起,却是互爱互慕,都是从妈妈的老日记(她后来烧了)和他们的信件中了解的,因从小没跟父亲住过,一直到一九七六年我在广州跟父亲见了几次面,才了解到他们为什么不能相处。只能在有距离的时候才能产生文学性的美丽而不实际的爱情。父亲是如果有一分光却要发出十分热力(不管别人受不受得了),而母亲是即使有十分光也只肯发出一分热力,还要含含蓄蓄的。可惜我没有资料给林阿姨,但还是希望林阿姨能写那篇文章。……

得到了思薇的同意,我便着手整理这几封缺少年份、分不清前后、字迹不清(尤其是梁宗岱的)以及中间短缺的信。好在我们只是要知道这一对文学夫妇在分手后、谢世前的文学、感情生活并未破碎,反而加深彼此的了解和谅解。这岂不是心灵的复合了吗?也给现代文学史料上加注一笔。

写至此,匆忆起小女儿阿葳在知道沉樱阿姨过世后曾写信来说："总记得沉樱阿姨喜欢做花，有一次她用黄、黑两色纱做了两朵不知名的花，插在一个奶黄色的瓶子里送给妈，真别致。"那瓶花是沉樱有一天亲自捧着送来的，慢慢地走，进了门，微笑地轻轻地叫我："海音！看！我来了。"

——原载一九九一年十二月十六日
《联合报》副刊

附:

# 沉樱、梁宗岱的最后通信

## ● 沉樱致梁宗岱

**宗岱:**

前两天思清找出你交给她的资料去影印,使我又看见那些发黄的几十年前的旧物,时光的留痕那么显明,真使人悚然一惊。现在盛年早已过去,实在不应再继以老年的顽固,前些时候信中还争谈什么吉人天相,想想也太好笑了。最近重读契诃夫一篇小说《晚年》,和赫曼·赫塞①的散文《老年》,不胜感慨,而我最近又将离美归去(海音按:指返台湾),觉得应趁这可以通信的机会再给你写写

① 通译赫尔曼·黑塞。

信。在这老友无多的晚年，我们总可称为故人的。我常对孩子们说，在夫妻关系上，我们是怨藕，而在文学方面，你却是影响我最深的老师。至今在读和写两方面的趣味，还是不脱你当年的藩篱（重读《直觉与表现》更有此感）。自然你现在也许更进一步，大不相同了。我们之间有很多事是颠倒有趣的，就像你在雄姿英发的年代去巴黎，而我却在这般年纪到美国，做一个大观园里的刘姥姥。不过，人间重晚晴，看你来信所说制药的成功和施药的乐趣，再想想自己这几年译书印书的收获，我们都可说晚景不错了。你最可羡的是晚年归故乡，而我现在要回去的地方，只有自建的三间小屋。我在六十岁生日时用孩子们给我过生日请客剩下的钱自费印了一本褚威格①的小说集，想不到竟破纪录地畅销，现在已三十版，十万册（以前也曾由书店出版三本）。这几年内前后共出版了十本书，你的《一切的峰顶》也印了。最近在这里，借书看书都方便，又译了不少，打算整理一下再出一本。这虽然没有你施药济世活人那么快乐，但能把自己的欣赏趣味散布给人而又为人乐受，也觉得生活不再空虚。记得你曾把《浮士德》译出，不知能否寄我为你出版？如另外有译作，也希望能寄来看看。最近在旧书店买到一厚册英译蒙田论文全集。实在喜欢，但不敢译，你以前的译文，可

① 通译茨威格。

否寄来?

我的几本译书真想请你过过目,但不知能寄不能寄,请来信见告。我大概一月动身离美。

**沉　樱**　十二月七日

## ●梁宗岱致沉樱

**樱:**

你的信深深感动了我们。少苏(海音按:指同居人甘少苏)读到"怨藕"两字竟流起泪来了,自疚破坏了你我的幸福。我对她说,我们每个人这部书都写就了大半了,而且不管酸甜苦辣,写得还不算坏,仿佛有冥冥的手在指引着似的,对我呢,它却带来了意外的无限的安乐和快慰。这几个字本来就是我生的基调(不管在任何情况下),陶渊明的"聊乘化以归尽,乐夫天命复奚疑"从始就是我的"盲公竹",蒙田的"宠非己荣;涅岂吾缁"(※仍是陶句,但概括了蒙田一个重要的思想),更加强我的信念了。因此我们的晚晴是已不错。白朗宁的:

Grow old along with me,

The best is yet to be!

跟我一起朝前走,

最好景还在后头!

仍是我最常哼的两句诗。

事实证明,在五七干校,败血症、急性黄疸肝炎,加上背着米掉进丈余的深坑——三种严重的伤病(六九年三月)的夹攻并不能向我挖取一声呻吟(在医院留医仅仅一个半月,出院时医生握着我的手,从头到脚打量了我几眼,唉叹说:是你自己医好自己的,不是我们);较早一点(六八年)头上如注的血流也不能挤出我一滴眼泪(并非说我没有泪,我有的是同情的泪、感恩的泪……)。

回校后得到组织的照顾,我整整休养了七个月。但由于左膝的肌腱受了严重的损伤,尽管走路照常,一样快,却不能完全蹲下来。七〇年春天我再到中大的另一干校学习贫下中农,我负责一五〇只猪的打浆房(煮猪饲料)的工作。一天,所有喂猪的野菜通通吃光了,我高高兴兴挑了一对箩筐出去找野菜(这是我的特长),远远看见一大堆的野菜,太高兴了,纵身一跳,右脚被筐绳扣住,又扑通掉到一个大约仅高三尺的浅坑里,全身坐在折叠得很规矩的右脚上,站起来右脚竟完全正常了!你说巧不巧?

我的旧作就剩下交给思清的那些,去年中大图书馆替我找到了浮士德和蒙田译稿的一部分,莎士比亚十四行诗则全部健在。前几天宗巨来信说,辽宁师范一个新到的年轻教师还保存我三十年代的著作,看来总不会成广陵散的。浮士德、蒙田,我发愿将来一定全都补译,以后再谈吧!

听思清说,思明得了肝炎。你回去时千万记得把 Marcêlle AncIair 转给她的那壶绿素酊带去。最近的实验已证实它是治肝炎现有的唯一特效药,曾医好一个有十五年病史、十三年肝功能严重损坏、早期肝硬化、最后已到肝昏迷的医生;另一个某机关的科长,十九年肝炎,早期肝硬化、腹水、脾肿大四点五公分,也完全康复——连脾也缩小到正常(这是世界医史上的奇迹),服法是每日四次,早、午、晚餐后、睡前各一次,每次三十三 CC,用两倍冷开水(不要用热的)稀释后一次饮下去,同时还得注射(硬性的)B12(一千 mg,隔天一次)。

影印而未寄出可暂缓。我现在只希望思清把越秀山白云山的那幅他把头拍偏的那张寄来,因为那上面有立维那调皮鬼的相。如来得及,你们到郊外拍一张全家福寄来好吗?我有功夫拟把阿爸一幅遗照复制寄给你们。我觉得对思薇、思清、思明,这样的祖父是值得怀念的。

岱

## ●沉樱致梁宗岱

**宗岱：**

报告你一件好消息，思明也来美国了。我已两年未见他，他还是那么纯真，在机场的人群中，冷眼望去，真是一表人才，风度翩翩，而且见了我还像小孩一样的亲，谁也想不到他已是三十出头做了爸爸的人。亲友们无不羡慕我有这么三个同样玉树临风般的儿女，外国人更是惊讶他们的体高和风度，都不相信他们是纯中国人。特别是思明的聪明，凡事对他都是轻而易举，一学就会（他自己并不自觉，更不自傲，这点颇像宗巨——海音按：梁宗岱的弟弟）。如果他肯做学问，学任何工作，都会成功，但他走入做生意想发财的歧途，又加上任性不服输的毛病（像你），和遇事过于和善迷糊（像我）不够精明的弱点。我希望他留下来做工，从头来，痛下吃苦奋斗的决心。前信曾说我们是怨藕，其实我们的分开正是成全，否则我们不会有今天。真正受牺牲的只有思明。我太注意女孩的教养，忽略了对于男孩的了解，不知他那么需要一个父亲。他小时候和我作对，偏不读书等等，都是痛恨我们那完全女性化的家庭。现在谈起当年破碎的家庭，他还不胜伤感，总是掉头走开。长大后他是凡事不动声色、不发脾气的，掉头走开，已是最大的激动。他的缺点也在于此，不计较、不打算、不在乎，抱着到时再说的哲学。我这些话也不知对不对，只希望让你参考了解，给他一点有效的鼓励，在美国只要努力工作，就有很优的报酬。

别人看起来，我有这么三个仪表出众的儿女，又有两位贤婿，一位孝媳，自己又名利双收，真是一个美满的晚年，谁又想到还是有本难念的经呢？每坐飞机，总盼望失事，一了百了。后天又要远飞，请给我祷告吧。

樱　一月六日

●沉樱致梁宗岱

宗岱：

早应该给你回信的，但因最近搬动了一下住处（同一公寓内，由楼下一号搬到楼上七号）刚安定好，又飞到思清家过夏。走前几天，收到洛杉矶李先生寄来的药两大筒，不知如何服用？只好暂存冰箱内，等接到指示时再服用。李先生回穗，想已见面，听说他的病吃你的药很有效，现在怎样了？如能治愈，真是灵药奇迹，你应把药方公诸于世，大量制造才好。

我到思清家，先找你的文章及书，文章复印另邮寄上，我细读一遍觉得很好，应同《芦笛风》①编一册出版，不知你愿将这事交我处理否？法文书三本，要寄何处，也望告。儿女各有事忙，出书之事还是自己早作料理为是。你的《一切的峰顶》曾在台由我编印行，《诗与真》已印好，未发行便禁了，是萨孟武提议叫商务印的。

你的病况如何？我仍是腰腿无力，手指不受指使，动作奇慢。最苦的是不能写作。朋友间通信也受影响。生活日趋无聊。祝健康

**沉　樱**　六月二十日

## ●沉樱致梁宗岱

**宗岱：**

接来信知曾到京开会，又闻健康很差，真是一喜一忧，不知有何病症，现就医否？大家都很惊讶。本来以为你比我壮，想不到都入老境。我右手抖痛，说不上大病，但不能提笔写作，也很苦恼。幸能吃能睡，生活尚称安逸，目力亦佳，可以尽量看书，欣赏风景，

---

① 海音按：据长沙彭先生信中曾说："《芦笛风》是梁老当时给甘女士的情诗（词），沉樱女士竟劝梁老出版它，真够宽宏大量的！不过这件事在她心灵上留下的创伤毕竟是无可磨灭的，相信她晚年的痛苦已极的精神状态，正是这种创伤所引发的。"

可惜你不能来此同游,望多保重,还能再见。

樱 十二月四日

## ●沉樱致梁宗岱

**宗岱:**

来信收到多日,你的腿疾见好否?有无针灸?我的柏金逊①病,服 Sinemet 日久失效,又感全身僵硬,手脚不灵,且据同病者言,服久成瘾,换药就如戒毒,痛苦难百,因此亦不敢增加药量。你的药既医此症,速寄为盼。

今年夏天我也许要回国(海音按:指大陆)一行,观光兼治病,但不知政府对华侨的居留,有何规定,望见告一二。生活方式不同,一切难以想象,听说住处难找,费用月需若干?北平老友尚有何人?可借住否?如医病不便久居旅舍。

樱 二月廿三日

——原载一九九一年十二月十六日《联合报》副刊

---

① 或为帕金森。

附：

# 怨"藕"

张 错

一开始就徘徊矛盾于诗或散文的决定，因为主题震撼有诗的浓郁与深沉，其中转折缠绵却又是散文的长流细水，真的，一种事件的追述多自结局开始，其实结局就是事件或故事的closure，分别入场的主角或配角已纷纷先后出场，随着主配角身上发生的故事也早因形骸的聚散终止而灰飞烟灭；但追述本身却是一种再创造，不必如影附形般随着历史时间的顺序，同时更突出了人物和事件片段的动人情节，犹如反复聆听的一首歌，已分不清楚哪儿是开始或结束，那些喜欢而在心中牢记的片段，早已与追述者或复唱者本人的经验合而为一了。

不必借口于岁晚心情，也不必归纳于南加州年底漫然而来的暴风雨，起伏的心情，有如大海波涛的涌动，不是惊涛拍岸卷起千堆雪那种,是海洋波浪不兴却又是大幅大幅涌动的那种,没有事物可以撞击、击起、碰碎,没有悲剧高潮与洗涤,那是一种具带威胁的晕眩起伏涌动,而一根水草也抓不住。十二月时分吧,分别在“联合副刊”及“中央副刊”读到林海音与姚宜瑛两位追述与沉樱女士交往的文章,在《梁宗岱与沉樱的文学、感情生活》的大标题下,海音先生以她一贯新闻专业的精神与文学感性的笔触,写出一篇令人凄然垂泪的《最后的沉樱》,“联副”同时公开发表了几封极为珍贵的《沉樱、梁宗岱的最后通信》,几张黑白照片中,时间的痕迹是明显的,一段艳丽的青春华年,一段缠绵的往事,书房的照片被删去的右边,应该是坐着马思聪与王慕理夫妇吧,同游台北水源地的照片,聂华苓是那么年轻。

五六十年代的台北,余生也晚,要到一九六二年才来台北念大学,赶上了白先勇的现代文学与邱刚健的剧场,但更向往的是五十年代荜路蓝缕却又舒坦闲适的日子,没有电视,连流行曲也大陆风,素色的旗袍,艳阳天的小雨伞,或是苦楝树下的籐椅,浓郁清香的茉莉香片茶,如果更准确一点,那应该是姚家旧居的大银台观树或罗兰家中的大构树,在姚宜瑛女士的《忍冬——我的陈老师沉樱》一文里,更读到那些年代女性作家美德的一面(这般一说,新女性主义者的矛头又在闪闪发亮),她们的勤奋,略带传统彼此敬重互相扶持的友谊,没有捶胸的社会指控,但私人情谊里却并不如何含蓄地显露出有怨有悔有爱有恨,随着岁月的流逝,年龄的增长,恨怨慢慢褪消,代替而来的是天性一贯的爱与关怀,终于能够面对所有的流逝与不可挽回,终于明白生命中的最大意义不在于如何对待自己,而在于如何对待别人;最大的挑战不是征服别人,而是克服自己。

每次阅读这些文章或浏览那些独具时代及人物特色一格的黑白照片,总觉得每人都有一座回忆宝库,像中药店那座分成几百个小抽屉的百宝药柜,每一个抽屉放的药材都不一样,有当归,也有远志,有人拿着药方来检药,虽然上面写的笔走龙蛇,但药店的人打开记忆的匣子,便一五一十地把前尘往事细说从头,思乡病没有药方,所以即使碰到李蓝,也不会去探询那座三面临窗、绿荫扑面的小木屋,倒是一九七七年在东京,现在回思起来记忆犹新,是在本乡,不是神田,在大学对面的一家小食店吃了一顿日本式的煎饺子,信步逛入一间小书店去,非常诧异地发现除了日文书籍外还有中文书籍,现代古典文学都有。记得当时买了三本书,一本是空海大师的《文镜秘府论》,一本是徐迟的《诗与生活》,另一本就是梁宗岱的第一本诗集《晚祷》,民国廿二年,上海商务印书馆于四月印行的国难后第一版,虽然纸张与印刷都极像原版,但据判断,很可能还是五六十年代在香港翻印的盗版书,把书携回美国后,便归档和《一切的峰顶》放在一起。

一直到一九八〇年四月十三日,又读到林海音、金秉英追念沉樱的两篇文章,金文《天上人间》内里追述当年与沉樱一起去和朱光潜、梁宗岱会面的情境,从梁、沉两人两情相悦的神色,那天的午饭,包括一瓶贵阳花溪野生果子酿的甜酒,让人觉得非常幸福陶醉,连阅读者的脸孔也会酡红,尤其是后来提到朱、梁那时住的那座园子,是李莲英故居的后花园。

记忆的一只匣子抽开又闭上,又抽开另一面抽屉,那时已经是新婚燕尔的日本了,没有提到是东京或京都,只提到春天樱花谢时的美景,金秉英继续引述——

"我记得你是写的这么几句话:'我本来喜欢看落花,但没想到樱花落时,竟如此壮观。樱花开时,一夜之间,堆满枝头,樱花落时,一日之间,落得干干净净。'"

阅到此处,不禁掩报长叹息,沉樱,陈锳,难道除了同音异字,还有别的典故?再翻阅四川文艺出版社的《中国文学家辞典》,居然在现代第三分册内有"沉樱"条目,内里是这样记载的——

> 现代女作家,文学翻译家。原名陈锳,笔名小铃、陈因等。一九〇七年生,山东潍县人。早年毕业于上海复旦大学中文系。后曾在上海女中教书。一九四五年任教于上海市实验戏剧学校。一九四七年在复旦大学任教。一九四九年去台湾,

曾在中学任教。退休后侨居美国，专事翻译和写作。她的主要作品有：短篇小说集《喜筵之后》（一九二九年，北新书局）、《夜阑》（一九二九年，光华书局）、《某少女》（北新书局）、《女性》（一九三四年，上海生活书店）、《一个女作家》（一九三五年，北新书局）等；翻译作品有《毛姆小说选》、《一个陌生女子的来信》、《婀婷》、《爱丝雅》、《同情的罪》等十多种，还编有《散文欣赏》。

此生平不知出于何人手笔，但看来熟悉沉樱在大陆事绩多于台湾事绩，至少在海音、姚宜瑛两位先生笔下的资料便较详尽，譬如海音先生在《剪影话文坛》一书内便提到如何回家乡头份喝喜酒，到斗焕坪的大成中学找沉樱，以及后来转到台北，在一女中教国文之事。姚宜瑛女士的《忍冬》一文，也提到沉樱其他的翻译《迷惑》，其实尚有其他如《断梦》、《怕》、《婀婷》、《青春梦》等书；还有黑塞的小说等，都是"辞典"内没有提到的，当然尚有林海音在一九八六年为纪念沉樱所编的散文全集《春的声音》。

在公开的几封沉、梁最后通信里，无疑，两个人间重晚晴的老人对话是令人极端感动的，读到沉樱告诉梁宗岱有关怨藕的一段话——"我常对孩子们说，在夫妻关系上，我们是怨藕，而在文学方面，你却是影响我最深的老师。"真是令人柔肠寸断，就连梁的同居人粤伶甘少苏读到“怨藕”两字也流起泪来。

想到孟郊的两句诗——“妾心藕中丝，虽断犹连牵”，也想到乐府《子夜歌》内那些青荷、芙蓉、与心中苦楚的莲子，但是当翻阅梁宗岱诗集《晚祷》内的组诗《散后》内里的一首短诗，心中恍有所悟，这首诗只有两句：

莲藕因为想得清艳的美花，
不惜在污湿的泞泥里过活。

大概这就是美丑、善恶、清浊所组成千头万绪、剪断理乱的“怨藕”吧，在诗集的同一页里，还有另一首诗，那是一首千惆万怅、欲哭无泪的情诗：

在昏暗迷茫的梦里，
我梦见我们是复合的情人，
我们相抱哭着，
从默默酸泪的凄凉里，
我们散后的愁苦互相偎贴了。

梦的抽屉打开又关上，无论打开千百个梦与回忆的药柜，依然欠缺一道扭转乾坤的良方，日暮途远，人间何世？将军一去，大树飘零，壮士不还，寒风萧瑟，四十多年的历史浪潮，卷走了多少痴心与无奈，一转眼，白发青丝，再转眼，一撮黄土，两岸如此，中外如此，不止庾信，莎士比亚也全是这种领会。

终于在暴风雨停止的翌晨，在阳光尽情倾注的窗底下，远山积雪，心底宁静，已不想再追究为诗或为文了。

——原载一九九二年二月

《联合报》副刊

# 一甲子的同学会

一甲子六十年的同学会，是在上海“举行”的，说“举行”未免夸张了，她们只有三个同学：白杨、余慧清和我林海音。

六十年前，我们三人都是北平宣武门外大街春明女中的学生，慧清和我在初中二，白杨是小妹妹，在初中一，我们都是十二三岁的小女生。今年九月的上海之行，距那时岂非一甲子？其实我去年五月底由北京到上海，已经和白杨举行了一次“二人”同学会了！因为我和白杨通信已有二三年，但却不知道余慧清也在上海隐藏着。这次在上海能三人聚晤数次，很愉快；其经过是这样：

去年（一九九〇年）十二月耶诞节前后，接到我三妹燕珠自上海来信，并剪附了一张十二月初的上海《新民晚报》，是一篇访问记，标题是：

## 淡泊自守、颇有父风

访余叔岩之女余慧清

珠妹在信上说:“大姊,我找到你那要好的老同学余慧清了,敢情她一直在上海闷着!”

我看了访问记,其内容大致说,今年是徽班晋京二百年纪念(京剧二百年前自安徽传进北京),也正是我国京剧须生前辈余叔岩的百岁冥寿,虽然他已经故去有半个世纪(一九四三年),但京剧界敬重这位独成余派的前辈,也要纪念他,却找不到他的后人,一来二去总算被记者发现余的二女儿余慧清在上海。记者访问时问她,为什么父亲的百岁冥寿活动,北京出了一厚册《余叔岩艺术评论》,京剧界不断研究余派艺术,都没有你的份儿?和梨园界也没有来往?慧清淡然地回答说:“我们本来对于唱戏是外行,并不感到有结交梨园界的必要。”但这次对于即将由国际京剧票房主办的余叔岩百岁冥寿活动,她倒决定受邀前往参加了。一方面去观摩“海内外余派会演”,而且还要上台向观众表示谢意。最后那位访问的记者还玩笑似的写说:“这位隐居四十六年的人物,终于要抛头露面了。”

珠妹给我们联络成功,今年二月,慧清开始来了信。她非常怀念我们六十年前同学时的美好日子,说那是她最快乐难忘的时光,实在是一生的黄金时代。但她也告诉我两个不幸的消息，也是同班的她的姊姊余慧文和另一位同班吴允贞，都在十年前故去了！别的同学的消息，她是一无所知。我看了别提多难过，她们姊妹俩是余叔岩唯有的两个女儿（续娶又生一女）。我和余氏姊妹俩及吴允贞，是初中时最要好的同学，她们不但功课好，人也忠厚老实，又谦虚。

今年的七八月时，我告诉白杨和慧清，我可能于九月上旬到上海一趟，把晤匪遥，彼此盼望着吧！白杨是个常出外的大明星，但她来信说，出外不管多么远，到时候她都会赶回来。慧清心脏不好，心律不整，我就告诉她说，这一阵子要好好保养，等着会面啊！

香港的《良友画报》，是六十五年前在上海创刊的，它是我国第一家大型画刊，创办人是伍联德先生，现在的主持人是他的儿子伍福强先生，我受邀写过几次稿，所以成了熟朋友。这次的六十五周年纪念，福强决定到上海原创刊地扩大举行，也是为了纪念他的父亲。他邀我前往，并且请我开出我在上海的亲友，他将一一邀请。这倒是一个好机会，有人代你订机票、订旅馆，不用自己跑。九月八日，我便随着香港《良友》的一伙人打道上海了。

到了上海，下飞机先全体到玉佛寺参观并吃素席。玉佛寺的住持是真禅大师，胖胖的，一口江北话和台湾的星云大师很相似呢！上海的玉佛，据说现已是世上仅有的最大玉佛了。北平北海团城的玉佛，虽也著名，但据说玉佛胳臂有断毁，后来修补过，虽看不出，但已不完美了。饭后大家回新锦江饭店，我赶快给珠妹、白杨、慧清等人打电话报到，又给《城南旧事》电影导演、现在是上海电影局长的吴贻弓打电话，请他们明天一定要参加《良友》酒会，以便晤面。

《良友》六十五周年纪念酒会，九日下午就在新锦江的大厅举行，来了老中青三代和《良友》有关的朋友数百人，很热闹。老的一代我知道的有赵家璧、柯灵，再就是北平艺专出身的名舞台演员张瑞芳以及当年银幕上的光绪皇帝舒适等，再小就是演《城南旧事》英子一角的沈洁了。沈洁演英子时十岁左右，现在已经复旦中学毕业，要到日本去留学了。白杨接我和慧清次日去她家开同学会，她家是华山路上的一幢二层楼洋房，又有一个会烧菜的娘姨。她笑着对我说："阿姨记得你去年爱吃的是什么菜！"

在白杨家的同学会，可也不止我们三个人，白杨还约了我妹妹、吴贻弓、沈洁、《文汇报》的副刊编辑萧关鸿，只是上得楼来，不见去年人——白杨的丈夫蒋君超先生，已于六月间在久病之后故去。去年我来的时候，他是坐在特制的轮椅上，前面有一自用小桌，他可以跟客人一起用餐、谈话。还好如今有白杨的女儿蒋安立同住。

这一餐倒也吃得很热闹，吴贻弓文质彬彬，我觉得他很像是我们这里的大学教授，他现在虽是电影局长，但更喜爱的是导演工作。他说他很喜欢我的小说《晚晴》，认为是很好的电影素材，但可

在白杨家聚会，左起：吴贻弓、蒋安立、沈洁、余慧清、海音、白杨、林燕珠。

惜的是他对拍台湾部分没把握，可见其敬业和认真。

酒会的次日，《良友》的一批人就打道回港了，我则多留几天，非常轻松，本来想去龙华寺走走，但立刻又挤满了约会。慧清告诉我，允贞的妹妹允倬在福州听说我来了，特自福州乘飞机赶来上海和我会面，她是春明女中更晚期的学生也是台湾"中央研究院"院士林同棪的嫂子。慧清约定了星期五下午到她家，晚上吃包饺子，擀皮儿拌馅儿全是家中自制，问我吃什么馅儿？我不客气地说韭菜馅儿，不要放肉，只要虾米皮、粉丝、鸡蛋就行了，而且也不要预备其他菜，有一个拍大蒜拌黄瓜就够了。她点头称是："那行，那行。”

星期五上午，我先约了英千里教授的儿媳夏谊娴和珠妹来新锦江见面。谊娴的姊姊、嫂子都是我同学。谊娴小时候跟在姊姊们屁股后面跑，现在也是祖母级了。谈起当年（一九四八年）她顶着大肚子和丈夫随资委会的机构撤退到台湾来，生了一个女儿。英千里教授是先由国民党单独接出来，他知道儿子媳妇也来了，正高兴有祖孙三代的家了，谁知资委会的头头儿又回上海，把他们召调回去。我记得英千里那天来我二妹家送他们，一脸黯然之色。如果他们硬留下来，也许情况不同，我向谊娴玩笑说：“如果你们那时留下来，说不定英若勤当了经济部次长或者中油公司的总经理什么的呢！”虽然英千里尚有幼子英若诚，是著名戏剧界人士，也做了文化副部长，但英千里在台湾却是寂寞以终。

我们在旅馆的楼下用完餐后，珠妹和谊娴便送我到慧清家去，她家住在复兴中路，即原来有名的拉斐德路，是一条梧桐覆盖的街道，两旁都是小洋房，街道还算清洁，小洋房却陈旧得可以。进得门来，慧清迎出来，允倬也先来了。坐在楼下客厅兼卧室的拥挤的沙发上，沙发后紧靠着的大床，倒使我想起北平慧清姊儿俩西厢房的大铜床来了。现在坐在这儿的，也是另一组三人同学会，但她们两人的姊姊却不见了。男主人李永年，虽满头白发，但也认得出当年英姿焕发的样子。他们夫妇都已从金融界退休，二人早上出去散步打太极拳，回来整整家事，和女儿女婿一起住，有一个已读初中的外孙女，一家过得和谐安乐，但是就别提那十年的遭遇了。

我有一个原则，对大陆的亲友，几乎人家不提我就不问那十年浩劫的事。因为家家都不好过，有的更惨不忍闻，他们也最好忘记，不要回忆。

二人倒是先讲她们各人的姊姊的遭遇，慧文是个中英文俱佳的医生，先前做翻译医学的工作。但是她太老实了，虽然生了两个儿子，但却仍然要受制于旧家庭，她不敢反抗，逆来顺受惯了嘛！委委屈屈的，病死了。至于允贞，则是在四川得了什么急病送进医院，在家人都不在身边的情况下，听说因为太痛苦，自己拔掉了点滴管，就在没人发现下失去了生命，多冤！

好了，不谈姊姊了，这时楼上也在叫吃饺子了。我们上楼，从幽暗的楼梯一层层往上走，每一步都使我小心翼翼，因为我白内障的眼睛已经难以视清了，但我的心却悠悠地回到了五六十年前北平椿树头条那所明亮的大四合院，垂花门进去，到西厢房姊儿俩的闺房，坐在擦得金光的大铜床上，吃着零嘴儿，谈谈笑笑，有时趴着窗子向外看，余叔岩穿着纺绸裤褂儿，正和同好们在比画着说唱。……好了，上了危楼就到了另一间卧室兼餐厅，永年带着女儿女婿主厨，韭菜馅儿饺子热腾腾的端上来了，原来不止是拌黄

又一个“三人同学会”，左起：余慧清、海音、吴允倬。

海音与夏谊娴

瓜，还有熏鸡卤肉的摆了一桌呢。永年又拿来了西安甜酒很好喝。吃着又谈起被抄家的情况，平反时被抄而拿不回来的首饰细软，硬是到银楼里折算三文不值两文的钱。

我又谈起孟小冬在台湾的情况，她已于前数年故去，她们姊妹和孟小冬极要好。我又问起余伯伯的蛐蛐罐儿，那是早就被余氏继室卖给门口“打鼓儿的”（收卖旧物的）了。戏本子我是早就听说被继室烧了，还有呢，连余叔岩的戏服也都烧光了。余氏的戏本子是很有价值的，因为是三代留传下来的。我又问起当她们姊妹陪孟小冬学戏时，也学了不少吧！慧清很谦虚地说没什么，但我知道慧清可以唱余派老生，平日有时永年拉胡琴，他们夫妇没事也唱将起来呢！而且在酒会那天，慧清给我介绍舒适，原来她曾录一卷票唱，是舒适给录制的呢！

我这时想着要慧清提提笔写点儿什么，就起题目叫《在父亲身边的日子》吧！我说：“你在陪学的中间，一定也能写点儿别人没写过的你父亲的戏剧艺术吧！”

慧清被我诱迫地答应了，果然我回来不久，她的稿子就写来了，我想读者，尤其是喜爱平剧的，是可以从中领略点儿什么的吧！

——原载一九九一年十二月三十日

《中华日报》副刊

附：

## 在父亲身边的日子

余慧清

我三岁开始认方块字。我记得认东、南、西、北四个字，就是这“南”字总是记不住，父亲当时非常恼火，大发脾气，吓得我大哭一场。至今我脑海里仍时常出现这一幕。父亲管教我和姊姊慧文很严，在日常生活中，他对我们的一举一动都很注意。有一次吃饭时我用筷子在汤里捞萝卜，父亲当时就指责我说，这样吃是没有礼貌的，而且不卫生。但他也无微不至地关怀我们，吃鱼时，他总是要我们吃鱼肚子肉，因为骨刺少。我们可说是在严肃的家庭生活中成长的，连受教育也是一样。

我们没有进过新式的小学，小学是在家里念的，父亲给我们请了一位北大工学院的学生，教我们数学和语文。同时又请一位英国老太太教我们英文。说起这位英国老太太，她在英国时和一位姓胡的中国留学生结婚,当时胡先生骗她说尚未结婚,后来到了四川胡的老家,才发现他已经结婚,还有老母在堂,更糟的是她要受大太太的气,极卑微的事,都要叫她做,直到胡先生去世,她才来到北京教家馆,这时她已经完全是中国味儿了。她知道她的生肖是属鸡的,爱吃卫豆馅饺子、涮羊肉、菊花鱼锅。母亲很同情她的遭遇,跟她也交上了朋友,常邀她来家吃饭。

我和姊姊第一次进校门,是考入了宣武门外大街的春明女中,这是一所福州同乡办的学校,人数不多,但很亲切。姊姊对英语这门课特别有兴趣,英国老师先就打好了底子,所以姊姊的英文每次得"优"。她不但英文好,其他功课也好,有一次年终考试,姊姊每门功课都是满分,学校有个章程,每门功课都是满分的话,可免学费一学期,父亲也高兴极了,送了姊姊一份重奖。

姊姊高中毕业后,考取师大英语系,后来抗战,师大内迁陕西,因路遥,姊姊没有随迁,便又重新入北大医学院。我则是进入北平财政商业专科学校。

母亲不幸在一九三三年去世,亲密的一家人少了一个。记得入殓时,父亲一手一个,拉着我和姊姊痛哭,母亲的眼睛始终不闭上,所谓死不瞑目,是不放心我们一对孤女吧!还是父亲用手慢慢地给抹下来,这才闭上的。

母亲去世后，父亲身体逐渐衰弱，持家无人，父亲才又于一九三五年续娶姚女士作为继室。

有一次（一九三七年），父亲在湖北赈灾义务戏演《打棍出箱》，这是一出唱作都很繁重的戏。父亲演戏一向都认真，一举手一投足一丝不苟，一点儿都不能马虎，就算他这时病腰痛苦已极，也是一样。这出戏从“问樵”演到“出箱”，实在太吃力了。过后发现小便出血，便进入北平德国医院，由德国医生史悌夫大夫主治。大夫说不用开刀，只要用一种仪器放入膀胱内，把肿瘤吸出即可。这次在医院住了两个月，我和姊姊全陪住在医院内侍父病。

出院时父亲很高兴，因为没有开刀就解决这个肿瘤，他亲自写了“救我垂危”四个字的大匾送给医院，并且在春华楼宴请医生和护士。但是不久病又复发，这次是进入协和医院治疗。由泌尿科的主任医师谢元甫主刀。这次化验出父亲得的是恶性肿瘤。谢大夫说，如果早动手术，不致变成恶性，因为上次德国医院用仪器“吸”，受到刺激，反而变成恶性的了。

这时姊姊已结婚，正在生产，只有我一个人在父亲身边陪侍，早午请了特别护士，我白天可以休息，晚上则是我一人值班。记得有一天夜班，由我朋友李菊萍帮陪着，我太疲倦了，便在医院大客厅睡着，不知怎么，做了一个噩梦，吓醒了，赶紧起身往病房里跑，菊萍说我面色全白了。我想每夜陪着父亲,听他半夜一喊:“痛啊!”我就得到地下室去找医生给他注射吃药。半夜一两点钟,灯光昏暗,电梯也停了,我只能步行到地下室,可能是常常这样才因害怕紧张而做了噩梦。协和耳鼻喉科的主治医师张庆松是父亲的好友,他对父亲很关心,我每次半夜到地下室,都见他静静地在看书研究。他见我天天这样跑,便叫我每天到他在医院附近的住家吃午饭,这样可以增加一些营养。

父亲这次在协和医院住了三个月才回家。手术后是在膀胱插入一根皮管导尿,皮管是每天要冲洗的,用到一定时候就要换新的,由谢大夫的一位助手李先生每天来家为父亲处理皮管,因为皮管放入膀胱内的深浅要拿得准,是所谓深不是、浅不是的难技术。

我在父亲出院后的这段时期,也和李永年结婚了,他也是学财经的,我俩是同行。我虽已婚,仍每天住在娘家,给父亲捶背捶腿,以减少他的痛苦。

父亲在未罹病前,就是我们还在中学读书时,他的身体是很好的,从不伤风感冒。他平时喜写字临“米芾”。虽已从舞台退休,但仍把精神全部贯注在对艺术的研究上,特别对音韵和武功。他每天都要练功,当时和他一起练功的有钱宝森、陈少霖等。我们下课回家,有时要好的同学有林含英(现在的林海音)、吴允贞、万德芬几个人(我们都是居家离学校很近的)常来我家玩。

我和姊姊住在西厢房,西厢房有一个大铜床,我们就盘腿坐在床上,说说笑笑的,一边吃着零嘴,窗外是父亲他们正在练功,我们就从窗里向外看,真是难忘的黄金时代啊！现在呢,姊姊和吴允贞全都在十几年前过世了,万德芬也多年没消息,不知她在何处。剩下的只有我和小林儿(我们这样叫含英)了。

父亲也喜欢养蛐蛐儿(蟋蟀),南屋里有一桌一桌的蛐蛐儿罐,都是很珍贵的,有明朝的,罐底刻着“赵子玉”的款识。同学来了,父亲也喜欢带她们到南屋去看呢!

到了冬天,父亲还喜欢养一种比蛐蛐儿大的叫“油葫芦”。这必须养在葫芦里,葫芦也有名堂,什么“三河刘的”……葫芦盖特别讲究,质料有玳瑁的、象牙的,上面透空雕刻着葡萄、龙、子孙万代等花纹。记得给父亲雕刻的这人姓李,大家都叫他“李狗儿”。

父亲喜欢听“油葫芦”的叫声,他还善用一种红色胶质的药放在油灯上融化,然后把这红药点在油葫芦的翅膀上,经过这一处理,它的叫声就改变得更好听了。父亲穿着中式长袍,腰间系根带子,然后把装着“油葫芦”的葫芦放入腰内,这些油葫芦受到人体的温度,就开始大叫起来,叫得确实很好听。

母亲在世的日子,一到春天,就去西山戒台寺住上一个月,那时山区很苦,一些贫苦人家,每天连窝头都混不上吃,甚至有的一辈子连白面粉都没吃过。父亲就常常叫寺里的和尚斋房做一顿素炸酱面给这些人吃。

父亲还常带着姊姊、我和舅舅（陈少霖）一同到山上走走，有时到大观音洞或小观音洞去玩。我们每人都手持一杖，以备爬山用。有一次快走到小观音洞，姊姊一下子滑下山坡，说时迟那时快，舅舅赶紧将手中那根棍子递给姊姊，总算把她拉上来了。我们又去大观音洞，洞内黑漆漆的，每人手中都举着一支火把，洞内飞满蝙蝠，还有泉水，因为有回音，泉水的声音特别响，姊姊和我都不敢进去。到了晚上，父亲又带我们去财神庙，我们每人手持手电筒，据说站在财神庙往下看，就能看到狐狸炼丹，但是我们什么都看不见，只是传说得神秘可怕吧！

一九三八年，父亲的一位好友介绍孟小冬拜父亲为师。父亲自己学戏时自律甚严，非常苦练，因此他就不愿授徒，因为他会教得苦，人家学得也苦，他身体又不好，何况是位女徒！其实孟小冬拜我父亲为师前，已经是个名满大江南北的坤伶须生了。费时很久，好朋友再三请求，父亲才答应下来。父亲是老脑筋，说明教戏时一定要我们姊妹一旁相陪，也因为教戏时间多在晚上。

由父亲给孟小冬说戏，我们在一旁也跟着上课，知道了父亲对京戏艺术的许多经验、观念、意见。尤其是父亲对于音韵之学特别重视和研究。孟小冬的记忆力差，所以由我们给她抄写记录，现在想起来很后悔当时没有用复写纸写下来，我自己也可以留一份作纪念，实在太可惜了。

姊姊在医学院学习人体解剖学，她曾把人体解剖学的知识和原理，与面部表情和武功招数结合起来加以研究，这也都是陪孟小冬学戏时的心得。

父亲教孟小冬时，对她说过自己从前的学习经过，他说他年轻时每天一大早，天不亮就到北京城南金鱼池、窑台喊嗓子，直到天亮了才回来。冬天院子里泼上水结冰，然后穿上靴子、扎上靠，在冰上练功。他最崇拜谭鑫培老先生的艺术，想拜他为师的确是一件难事，因谭老先生身怀绝技又不肯轻易传人，所以拜谭为师不是一帆风顺的。父亲从各方面打探，不时送他一些心爱之物，才达成目的。所以他教孟小冬时，在细微之处，也都很细心地教她。

父亲说，在演戏时要把自己忘掉，全身投入剧中，要身临其境地发挥剧中人的心情与动作。他告诉孟小冬，在台上瞪眼时要先拧眉然后再瞪眼，否则露出白眼珠就特别难看。演老年人要注意背、腰和腿的动作；告诉她腰是怎样往前，腿又怎样似乎是颤颤的样子；病人又是如何的动态，父亲给她一一做了示范。

在教她《洪羊洞》中的杨延昭时，他说应当把忧国忧民的焦虑心情表现出来，在唱到“叹杨家……”这一段时要尽量表示出内心痛楚,要将剧中人郁积的内心哀怨一下子倾泻而出。又在唱《洪羊洞》中“宗保儿柴夫人呐将我搀呐……”时,姊姊和我还当了宗保和柴夫人哪!

父亲在音韵方面曾向魏铁珊先生请教研究,并经常看《李氏音鉴》,对阴、阳、平、上、去、入声在戏里的念法和尖团字,上口字,发音、收韵与切音的关系,及三级韵的运用法,结合演唱实践,这些也都一一教给小冬,并且说,研究了戏剧音韵,对唱念就可能会贯通,看戏词就可以结合剧情,依据字音的运用来安排腔调。

我们姊儿俩在一旁也时常听得入迷,更何况小冬的融会贯通呢!

这样的亲爱的父亲,我们在他跟前的亲密日子,直到一九四三年的五月十九日晚上,他拉着姊姊和我的手,从此离开了我们。

——原载一九九一年十二月三十日

《中华日报》副刊

# 亮丽且温柔

从人世间的最底层朝上走，脚步是一点儿也不能乱，心里更是一天天地清楚、理智。其实，打从孤儿期始，他就很清楚了，他知道每迈一步，自己是立足在什么地方，然后该怎么样地努力和坚定，朝着他要走的路，向前去。就这样，崎岖和坎坷，哀乐和悲欢，这人生，风风雨雨，他足足走了八十年，到了今天。——他就是大家所敬重的萧乾先生。

知道萧乾先生有半个世纪了，初次见到他，是一九八八年八月在韩国汉城举行的第五十二届国际笔会年会上。为了确定日期和开会地点，我翻看那年的日记，地点是在华克山庄（Walkerhill Sheraton）。二十八日的日记上，我有如下的记载：

> ……下午六时笔会酒会，到会三百多人，代表五、六十个国家。会场拥挤得很，但很热闹。我看见大陆代表萧乾、黄秋耘、柯灵等人。祖美和志恩在会场猎影，大家都要求跟萧乾合照，因为他是我国著名的老一辈名记者和作家……

首尔《京乡日报》特举办了一次会外会，邀请萧乾先生、许世旭先生和我三个人对谈，主题是“文学的分隔与统一”。我们三个人所代表的三个地区情势有相似之处——海峡两岸和朝韩，分别都同文同种，但文学分隔四十年，此时此地有机会凑在一起谈谈（没有朝鲜），是可行的。三四十年来，封闭的海峡两岸到现阶段才有了日益密切的民间往来、文学活动，这情形对南北韩而言，看在他们眼里，当然是有冲击性的。而且这次的会谈，对国际笔会来说，也是颇富历史意义的创举。代表地主国的许世旭，我二十年前就认识他了，他当时留学台北，并得博士学位。我想这次的会谈，该是他“主催”的吧！

我们的对谈，应该说是轻松而富感性。萧乾先生是蒙古族人，我是台湾人，一个塞外一个海岛，怪咧，说起话来可都是京味儿！许世旭留学台湾，中国话聒聒叫，所以在这个会谈上，首先就毫无“分隔”地“统一”起来了，到头来，还不是殊途同归，无论语言与文学。我也因此和萧乾先生在短短的几天会期里，很快就成了熟人了。他以新著《断层扫描》见赠，扉页还特别注明“打圈儿的几篇是写北京东北城，二十年代”，而我也把带来的《家住书坊边——京味儿回忆录》回赠。书坊边指的是北京城南琉璃厂，那是文化中心和书店街，新旧书店都在这儿：商务、中华、北新、会文堂、翰文斋、荣宝斋、南纸店、贺莲青笔铺、清秘阁南纸店……等等，我打小儿“进京”和婚后都住在这一带，到了启蒙上学在师大附小，也是每天来回四趟经过这儿，不但书铺名记得不少，连写匾额的名人也记得些，张伯英、姚华、陆润庠、李文田、翁同龢、何绍基、张海若、傅增湘……等，到长大才渐渐知道这些书法家的来历。

年会结束，各返原居地后，萧乾先生和我就有了联络，互寄著作。而且自这以后，台湾也出版了他的一些著作，我们纯文学出版社选了他的《莎士比亚戏剧故事集》，高希均先生主持的远见出版社，出版了他的《我要采访人生》，联经出版社是《人生采访》，业强出版社是大陆李辉先生撰写的《萧乾传——浪迹人生》。去年一月，仍是高希均主持的天下文化出版公司，出版了和萧乾患难恩爱相共的爱妻文洁若女士的重要著作《萧乾与文洁若》，上下卷两册。我是在《断层扫描》里萧乾先生画圈圈的几篇小说中，第一次拜读了这位记者出身的作家写的小说，小说都是他童年的悲惨的影子。跟着，香港香江出版社的同宗老弟林振名，也把他出版的萧乾著《未带地图的旅人》送我，萧乾完整的回忆，写出了这苦命孩子的经

在汉城国际笔会年会，左起：潘人木、萧乾、海音。

历。至此才算是逐渐全面认识了萧乾先生。

且说洁若妹子。萧乾先生在《京城杂忆》中有这么一小段：

……刨去前门楼子和德胜门楼，九城全拆光啦。提起北京，谁还用这个“城”字儿？我单单用这个字眼儿，是透着我顽固？还是想当个遗老？您要是这么想可就全拧啦。……

这使我想起我在拙著《家住书坊边——我的京味儿回忆录》自序，也提到说：

> ……我常笑对此地的亲友说，北京连城墙都没了，我回去看什么？正如吾友侯榕生（一九九〇年故）十年前返大陆探亲，回来写的文章中有一句我记得最清楚，她说，我的城墙呢？短短五个字，我读了差点儿没哭出来。……

有趣的是洁若妹子于一九九〇年一月第一次跟我通信，也提到北京生活，她说：

> ……我是您的《城南旧事》的忠实读者及影片观众，您的这一名著犹如一股清新的风，在大陆上产生巨大影响。我祖父做过二十年县官，曾在南城的宣武门内上斜街和北城的桃条胡同购置一座四合院，我的三个姊姊是在上斜街出生并长大的，并在实验二小读过书。后来全家搬到北城了，但伯父一家人仍住在上斜街，所以我们每年必去几趟，对您在大作中所描绘的生活背景，十分熟悉。您说的“我的城墙没有了”这几个字，在我心中真是引起无限感怀！我常常想：为什么一九四九年萧乾非要回北京不可？城墙、运煤的骆驼队的魅

力太大了。这是年轻一辈难以理解的，因此我对《城南旧事》倍觉亲切。……

洁若妹子是英、日文翻译家，她自幼随双亲旅日，在日本读书，返国后大学毕业于清华大学，又在出版社工作，更重要的，认识了比她大十七八岁的萧乾先生，我想最初一定是亦师亦友的交情，最后终于走上婚姻之路。在婚后数年生下两个孩子后，就碰上那个大风暴，本来是幸福美满的夫妻，却在这二十多年中成了患难夫妻，吃尽了被凌辱的苦头，萧乾几次求死不得，都是洁若抚平他的身心伤处，给他不知多少求生的鼓舞。她照顾他的多病的躯体，为他编书，整理文件，持家育儿，但是她也不忘自己的写作和翻译，她已经出版了五六本英、日文的翻译，加上上述两人自剖式的传记。萧乾没有洁若是活不下去的，我一想起他们，眼前涌现的，不是一个大十七八岁的丈夫在照顾妻子，而是一个坚强勇敢的女子，像姊姊般的拥搂着孱弱的弟弟。

洁若现正辛勤地翻译乔伊斯的《尤里西斯》，她的来信颇感动我，她说：

……一九九一—一九九二年，我准备把 James Joyce 的 *Ulysses* 译成中文，约七十万字，暂时不写东西了。我的《随笔集》已凑足二十万字，可望于明后年出版。自从在北京见过您（海音按：我于一九九〇年五月到北京，下了飞机当晚就去拜望他俩。）后，萧乾住了半个月的院，肾功能不大好，因为是唯一的肾，必须多加小心。目前他只写些短文。我能每天工作八至九小时，家务主要是打扫房间。这几年是最出活儿的几年，因为萧乾已年过八十，将来如果他需要我抽出更多的时间来照看，我个人的工作就要受影响。过去有四年，请过一二个佣人，据说现在请人，比那时又困难了。所以我连电影、电视、录像也舍不得看，真是分秒必争地做大宗工作。……

海音到北京访问萧乾夫妇

这封信我看了多次，每看到后来，总是两眼湿湿的，想着当年那个扎着两条辫子在北海划船的大姑娘，想着更早那个十二三岁就没了爹娘，得自己出去讨生活辛勤读书的小男孩，想着他们度过那风暴来临的二十年，受尽凌辱、摧残，真个是“朔风劲且哀”。这一切，俱往矣！如今已是“今来花似雪”，今后贤夫妇要好好把握住这美好时光，在这二十世纪末所映照即将来临的二十一世纪，新的生命力是亮丽且温柔。

谨以此祝萧乾先生从事写作六十年纪念。

——原载一九九二年一月

《中国时报》人间副刊

# 后　记

这是我为作家、作品而写的第三本书《隔着竹帘儿看见她》。选书中这篇文章作书名，无他，喜欢而已。彭歌却说我是“……书名《隔着竹帘儿看见她》，虽是取于歌谣，但无意有意间也有怀念沉樱之意吧”。也许潜意识中，我真的有这意思，也好。

第一本是十年前（一九八二年）出版的《芸窗夜读》（纯文学出版社出版），书的出版应是受了好友琦君几句话的影响，她说：“……像你这样在书前书后所写的文章，散见于他人或自己书上的，或者零星刊在报章杂志上的，必定不少，何不收集起来辑成一书呢！”琦君三番两次向我提起后，我搜罗一番，长长短短的，竟有五十三篇之多，我真没想到。是辑便是自一九六〇到一九八二年的《芸窗夜读》。

第二本是《剪影话文坛》，于一九八三年受联合副刊主编痖弦之邀，定每周五在“联副”设一专栏而名《剪影话文坛》，因为痖弦不但看我文坛交游广，同时照片的收集也多，所以这专栏，原则上每周写两位作家，每人不过千把字，但要附以照片，一年为期。我很高兴地应下这邀约，自信有把握，才千把字嘛！照片我则收集有上百本了。果然，听说每周五读者就等着看这专栏。成书后算算五十多篇，所写作家近二百人，是完整的一本书，仍由纯文学出版社于一九八四年印行。

《隔着竹帘儿看见她》，是继一九八四年以后所写的这类作品，但她们不一定是千把字，而是随心所欲地写，每一篇大都在数千字。虽然也是文坛交往录，但写得更深入些，资料收集得更多些（台静农教授生前在我出版《剪影话文坛》时，曾对我说：“这也是一种文献嘛！”）。

每天凌晨，天刚蒙蒙亮，我到“国父纪念馆”晨运，就会遇见九歌出版社的主持人好友蔡文甫，他说：“我该出你一本书了吧，就是你写的文坛、作家这类。”我初应“好吧”，想着不知可够出一本书，也迟迟无暇整理，他竟见到就催，催了一个月，逼得我不得不认真起来。此番共收我自己写的二十五篇，有关的附录六七篇；而且这次我的笔端漂洋过海，触角伸到海峡的彼岸大陆上了。

近年来我编著的书，无论是自己或给别人出版，照片是少不得的，而且不是插图式的一两张，却是动手动脚认真地四处去找。希望九歌为我出版的这本书，编得更完美，图片更齐全，而使读者有“图文并茂”的感觉。

又，书中有四位人物：邱伯母沈迪华和我的好同学夏志娴及胡蝶女士、蒋彝先生，在出版此书时，他们分别于近数年内故去了。谨志悼意。

一九九二年四月小记